THE CASE FOR JAMIE

Brittany Cavallaro

女子高生探偵
シャーロット・ホームズ
最後の挨拶

下

ブリタニー・カヴァッラーロ
入間 眞・訳

竹書房文庫

The Case for Jamie
by Brittany Cavallaro

女子高生探偵シャーロット・ホームズ
最後の挨拶　下

目次

第十五章　ジェイミー……8
第十六章　シャーロット……23
第十七章　ジェイミー……52
第十八章　シャーロット……80
第十九章　ジェイミー……89
第二十章　シャーロット……109
第二十一章　ジェイミー……112
第二十二章　シャーロット……126
第二十三章　ジェイミー……129
第二十四章　シャーロット……137
第二十五章　ジェイミー……140
第二十六章　シャーロット……181
第二十七章　ジェイミー……192
第二十八章　シャーロット……197
第二十九章　ジェイミー……207
第三十章　シャーロット……230
第三十一章　シャーロット……233
エピローグ……245
謝辞……266
訳者あとがき……268

主な登場人物

シャーロット・ホームズ……女子高生探偵。シャーロック・ホームズの子孫。

ジェームズ（ジェイミー）・ワトスン・Jr.……ワトスン博士の子孫。

ジェームズ・ワトスン・Sr.……ジェイミーの父。

シェルビー……ジェイミーの妹。

グレース……ジェイミーの母。

テッド……グレースの婚約者。

マイロ・ホームズ……シャーロットの兄。セキュリティ会社社長。

レアンダー・ホームズ……シャーロットの叔父。私立探偵。

ルシアン・モリアーティ……モリアーティ教授の子孫。

ヘイドリアン・モリアーティ……モリアーティ教授の子孫。ルシアンの弟。

エリザベス……ジェイミーのガールフレンド。

リーナ・グプタ……シャーロットの友人。

トーマス（トム）・ブラッドフォード……ジェイミーの友人。リーナのボーイフレンド。

アナ……シェリングフォード高校の生徒。

女子高生探偵　シャーロット・ホームズ
最後の挨拶　下

HOLMES
【ホームズ家】

（ジェイミーがしつこくせがむので、彼のために）

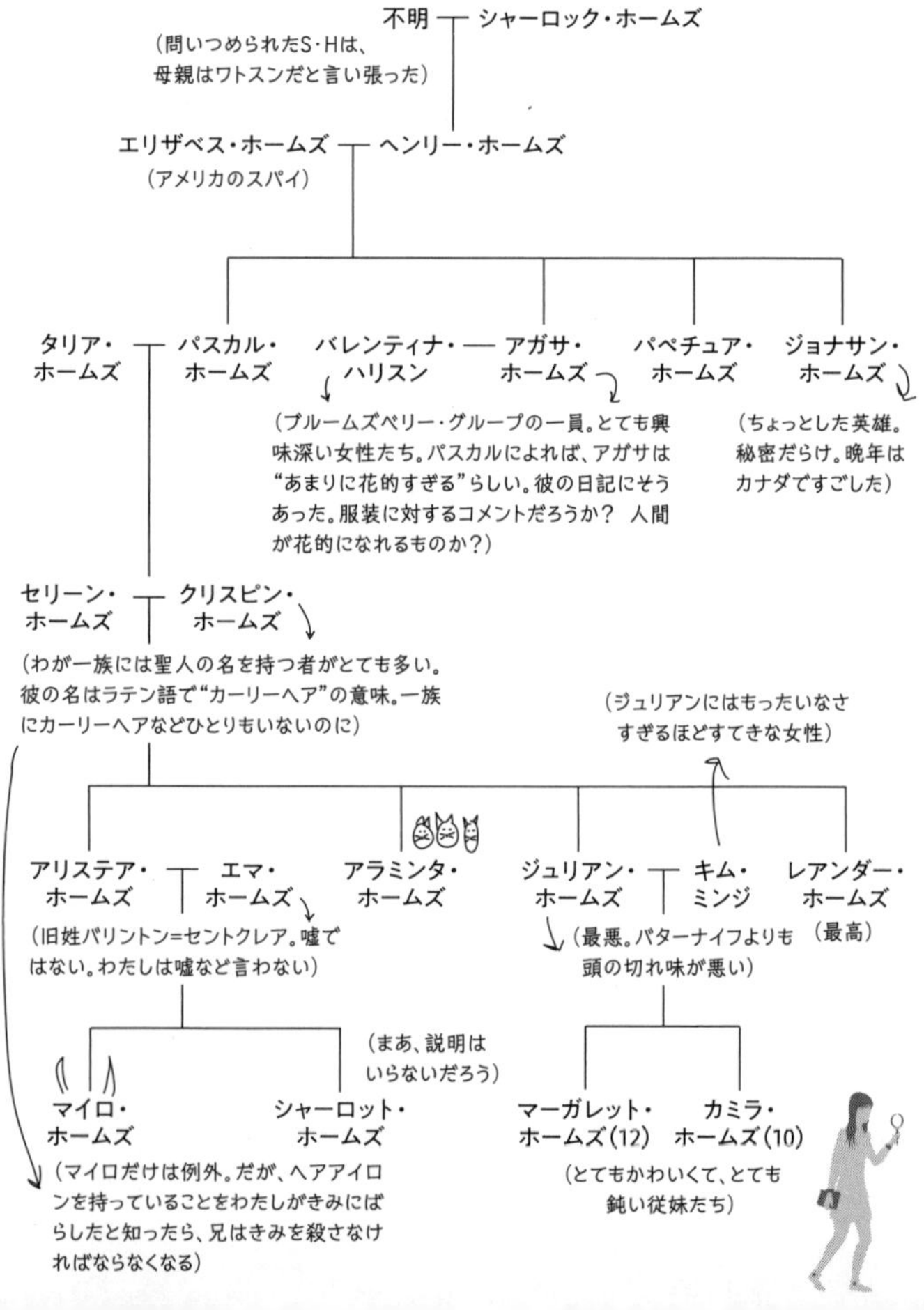
不明 ― シャーロック・ホームズ
（問いつめられたS・Hは、母親はワトスンだと言い張った）
エリザベス・ホームズ ― ヘンリー・ホームズ
（アメリカのスパイ）
タリア・ホームズ ― パスカル・ホームズ
バレンティナ・ハリスン ― アガサ・ホームズ
パペチュア・ホームズ
ジョナサン・ホームズ
（ブルームズベリー・グループの一員。とても興味深い女性たち。パスカルによれば、アガサは“あまりに花的すぎる”らしい。彼の日記にそうあった。服装に対するコメントだろうか？ 人間が花的になれるものか？）
（ちょっとした英雄。秘密だらけ。晩年はカナダですごした）
セリーン・ホームズ ― クリスピン・ホームズ
（わが一族には聖人の名を持つ者がとても多い。彼の名はラテン語で“カーリーヘア”の意味。一族にカーリーヘアなどひとりもいないのに）
（ジュリアンにはもったいなさすぎるほどすてきな女性）
アリステア・ホームズ ― エマ・ホームズ
アラミンタ・ホームズ
ジュリアン・ホームズ ― キム・ミンジ
レアンダー・ホームズ
（旧姓バリントン=セントクレア。嘘ではない。わたしは嘘など言わない）
（最悪。バターナイフよりも頭の切れ味が悪い）
（最高）
（まあ、説明はいらないだろう）
マイロ・ホームズ
シャーロット・ホームズ
マーガレット・ホームズ(12)
カミラ・ホームズ(10)
（マイロだけは例外。だが、ヘアアイロンを持っていることをわたしがきみにばらしたと知ったら、兄はきみを殺さなければならなくなる）
（とてもかわいくて、とても鈍い従妹たち）

MORIARTY
【モリアーティ家】

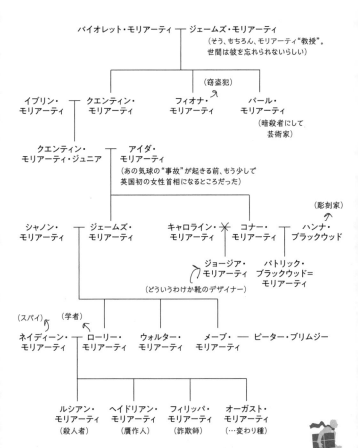

バイオレット・モリアーティ ― ジェームズ・モリアーティ
（そう、もちろん、モリアーティ“教授”。
世間は彼を忘れられないらしい）

イブリン・モリアーティ ― クエンティン・モリアーティ
（窃盗犯）フィオナ・モリアーティ
パール・モリアーティ
（暗殺者にして芸術家）

クエンティン・モリアーティ・ジュニア ― アイダ・モリアーティ
（あの気球の“事故”が起きる前、もう少しで
英国初の女性首相になるところだった）

シャノン・モリアーティ ― ジェームズ・モリアーティ
キャロライン・モリアーティ ― コナー・モリアーティ ― ハンナ・ブラックウッド（彫刻家）

ジョージア・モリアーティ
（どういうわけか靴のデザイナー）
パトリック・ブラックウッド＝モリアーティ

ネイディーン・モリアーティ（スパイ） ― ローリー・モリアーティ（学者）
ウォルター・モリアーティ
メーブ・モリアーティ ― ピーター・ブリムジー

ルシアン・モリアーティ
（殺人者）
ヘイドリアン・モリアーティ
（贋作人）
フィリッパ・モリアーティ
（詐欺師）
オーガスト・モリアーティ
（…変わり種）

というわけだ。頼むから、これを額に入れて
飾るつもりなどないと言ってほしい。
――C・H

第十五章　ジェイミー

ランチの時間にエリザベスと会う約束を取りつけた。直接電話で連絡したので、今回は彼女も相手がぼくだと確信できた。学校の駐車場は中庭から坂を下りた場所にあり、ぼくは彼女がまだ遠くを歩いているときからその姿を見ることができた。コートの下からブレザーの赤い色が覗き、脚はタイツにくるまれ、髪が陽光をきらきら反射している。

なんてきれいで魅力的なんだろう。ぼくは彼女の時間を浪費させている。

カフェテリアから持ってきた熱々の紙製カップを渡してくれたとき、そのことをいっそう強く感じた。

「ココアよ。校内でだれにも見られたくないだろうと思ったの。だって、あなたは謹慎処分中みたいなもんでしょ？」

「ありがと」

ぼくは両手でカップを包みこんだ。

「ぼくを見張ってるやつはいないと思うけど、まあ、見つからないようにするよ」

しばらくたがいの顔を見つめ合った。

「あなたはいいボーイフレンドじゃないわ」

単純明快だ。たぶん、そのとおりなのだろう。

「そのことをだれかが利用してるんだと思う。そのだれかは、わたしがあなたに腹を立てることを望んでるのよ。確かに腹を立ててるけど、理由は別のことだから」

「悪いと思ってる」

「わかってる」

「できれば、ぼくだって……ぼくは本当にきみが好きだよ。すてきだし、かわいいし、それに……」

「わかってる。自分でもそう思うから」

彼女は少しやけになっているみたいだった。

「ぼくは自分の頭をどこかに置き忘れたみたいだ。卒業が間近だし、去年はひどいことばかり起きたし、きみにちっともやさしくなかった」

手を伸ばして彼女に触れたいという気持ちが急にこみ上げてきたけれど、それで何が満たされるというのだろう。

「いろいろ起きたことのせいなのか、ぼくがいい人間じゃないだけなのか、自分でもわからないんだ」

　エリザベスは身じろぎして足を踏みかえた。

「あなたにちゃんと自覚があるとしても、それだけであなたが許されるべきだって理由にはならない」

「本当に悪いと思ってる」

　つまり、もう終わりということだ。かえってよかったのかもしれない。

「だから、やめてね」

「ごめん……え？」

「やめてちょうだい」

　エリザベスはさらに大きな声で繰り返した。

「自覚してるんなら、もうやめて。わたしはあなたが好き。好きでいることが……こんなにつらいなんておかしいわ。わたしには信じられないの、あなたがデートさえしていない相手に気持ちを向け続けてることが。第一、彼女はあなたの恋人だったことがあるの？　どっちにしても、彼女はあなたの気持ちをひどく傷つけた。だから、よけいにたちが悪いのかもしれない。だったら、わたしもあなたを傷つけなきゃいけない？　そうすれば、わたしもあなたの本心に触れることができるの？」

　ほんの一時間前、ぼくはベッドの中でホームズのことを考えていた。今ではもう記憶にすぎないのに、まるで閉所恐怖症じみた息苦しさが生々しいほどに感じられた。それが恋をしているときの感覚なのか、ぼくにはわからない。

「ぼくにはわからない」

　ぼくは声に出して言った。

「きみの言うことが本当だとは思いたくない」

「このひどい混乱をすっきりさせるのを、わたしが手伝うから」

「どのひどい混乱？　モリアーティの混乱か？　エリザベス……」

「やめて。そんな同情めいた声……」

「きみはなんで自分の身を危険にさらそうとするんだ？　そんなことして、いったいなんの証明になる？」

「わたしが彼女よりもずっとまっとうな人間であることかしら？」

　ナイフで腹をえぐられた気分だった。ホームズが扱いにくいひどい人間だと心の中で何度思ったことがあるとしても、ぼくは……。

「そんなこと言うな。それはちがう。これは、だれがましな人間かっていう競争じゃない。もしそうだったら、負けるのはぼくだよ」

「やめて」

彼女の口調は激しく、そのせいで声が少し震えていた。

「あなたを手伝うのは、そこにわたしも関係してるからよ。あなたが知らないこともわたしはまわりからいろいろ聞いてるし、ねえ、ジェイミー、あなたには少しだけ助けが必要だと思う」

「でも、その件は片がつくはずだよ、ぼくたちのあいだで」

「いいわ、それじゃ、これはふたりで解決する。それで様子を見てみましょう」

ぼくは「ノー」と言うべきだった。ぼくにはリーナの助けがある。父もレアンダーも手を貸してくれる。ぼくは停学処分かもしれない五日間を与えられ、尻の下からじりじりと火であぶられている。けれど、エリザベスはかたくなで、パチパチと音がしそうなほど頭の回転が速い。彼女の助力を拒むのはまちがっている気がした。

「どこから始める?」

ぼくたちは学校に向かってゆっくりと坂を登っていった。

「アナは病院にいるわ。噂では、リーナが彼女を入院させたらしい。MDMAをやってるのを密告したって」

そこでエリザベスが口を曲げた。

「そのことで残念に思ってる人はいない。アナはああいう子だから」

「ぼくは彼女をよく知らないんだ」

「あの子はシェリングフォード高校の嫌われ者よ」

その声には予想外に辛辣さが感じられた。

「彼女、お金持ちなの。この学校にはすばらしい講師陣が来て教えてるでしょ。エリザベス・ビショップの伝記を書いた人とか、ホワイトハウスで働いてた人とか、ＮＡＳＡにいた人とか。アナはそういう人たちの講義でノートも取らないし、同じ寮の子にお金を払って宿題を肩代わりさせるの。ここではお金がものを言うのよ。でも、千ドルは全然レベルがちがう」

「そもそも千ドルの金は本当に存在したのかな？　つまり、彼女はそれをパーティに持ってきたんだろうか」

エリザベスがカップを持った手で前を指す。ぼくたちは学生会館のそばまで来ていた。

「確かめに行きましょう」

学生会館の中には〈ビストロ〉というレストランがあって、十ドル出せばカフェテリアと同じ具材でサンドイッチを作ってもらえる。部活動や勉強で夕食を逃してしまった生徒たちが夜に利用し、弁当を持参していない教員たちが昼に利用する場所だ。昼間の時間帯にレストランに生徒がいるという話は聞いたことがない。

ところが、そこにアナの友人たちがいた。プリーツスカートにスノーブーツという格好で暖炉のそばに陣取り、サンドイッチを食べている。真ん中の子は波打ったロングの赤毛で、ほかの三人は高い位置のチアリーダー・ポニーテール。彼女たちの並び順は、意図的にそうしているかのようだった。

「あの子たち、CWテレビ（女性若年層をターゲットにしたチャンネル）の観すぎね」

エリザベスはそう言うと、臆することなく彼女たちに近づいていった。

「ハイ、エリザベス」

赤毛の子が落ち着いた声で挨拶してきた。

「あら、ジェイミーも、ハイ」

ぼくはひとりも名前を知らなかったけれど、彼女たちにとってぼくが友だちの金を盗んだやつであることを思い出し、「ハイ」と応じた。

「あのお金は実在したの？」

エリザベスがいきなり質問を投げつけた。

ぼくは思わずまばたきした。ぼくは、疑わしい相手と交わって信頼を築きつつ爆弾を仕掛けるホームズの手法に慣れている。ホームズならこんな単刀直入な攻めかたはしない。

「ううん」

赤毛の子がそう言ってサンドイッチをひと口かじった。

このふたりのあいだには、ぼくの知らない過去のいきさつがあるようだ。

「ぼくはきみことを覚えてないいんだけど、ゆうべ、パーティにいた?」

赤毛の子がサンドイッチ越しにぼくのほうに目を向ける。

「わたし、招待されなかったから。だれかさんとちがって、上級生のボーイフレンドもいないし」

女の子のひとりが「うちらだっていないわ」と言った。

「でも、いたらいいのにって思ってる」

赤毛の子が言うと、ほかの子たちが顔を見合わせた。ひとりが肩をすくめる。三人は自分たちの会話に戻った。

エリザベスが言い返した。

「ジェイミーはステータス・シンボルじゃないわ。彼は……」

赤毛の子がさえぎる。

「あなたが望んで、デートして、手に入れたものよ。わたしはそばで見てた。あなたとは友だちだったから。あなたに捨てられるまではね」

ふたりのあいだで散る火花に圧倒され、ぼくは後ずさりながら言った。

「ごめん。なんか、ぼくはここにいるべきじゃない気が……」

かまわずにエリザベスが話を続ける。

「で、あのお金は実在しないのね。彼女をそそのかしたのはあなた？　それとも、ほかの子？　彼女はなぜパーティ会場にいたの？」

アナの友人のひとりが急に甲高い声で答えた。

「あの子が自分から行きたがったのよ。うちら、みんなそう。だって、キトリッジが来るから」

「キトリッジ？」とぼくはきいた。

「そうよ。彼、かっこいいもん」

赤毛の子が肩をすくめ、ぼくを見た。

「みんながあなたの噂をしてるなんて思わないで」

「そんなこと思ってないよ」

ぼくは笑いをこらえながら言った。彼女たちが話題にしている男は、ルームメートと放屁競争をして廊下まで音をとどろかせるようなやつだ。

「キトリッジの話だろ」

「それから、お金よ」

　エリザベスの言葉に赤毛の子が気色ばんだ。

「ねえ、まじでわたしは知らないわ。アナにききなさいよ。あの子、ベケット・レキシントンのクスリにお金をたくさん使ってるし、バーニーズのサイトでもばんばん買い物してる。お金を使いすぎて困ってたのかも。レイニーとアディティとスウェータに賭け金を出してあげるって言ってたわ」

　三人の顔に反応が出たところを見ると、その三つの名前は彼女たちのものだろう。

「たぶん、あの子、そんなお金が手元にないのをわかってなかった。パーティに行って、責任をあなたにかぶせようって決めたんじゃない？　知らないけど。ほかにも事情があると思う」

「事情を知ってるとしたら、ジェイソン・キトリッジよ」

　レイニーだかアディティだかが言った。

「だって彼、アナがパーティ会場に着いた瞬間からずっといっしょだったもん。彼女が最初からお金を持ってたかどうか、彼なら知ってるかも」

「ありがと」

　エリザベスはそう言ったあと、少し間をおいてから赤毛の子に向き直った。

「マルタ。あなたの髪、とってもきれいよ」

「ありがと」

答えたマルタの目は険しいままだった。

「そういうあなたの靴もすてきだわ」

「ありがと」

奇妙な儀式が終了したところで、ぼくとエリザベスはレストランをあとにした。

学生会館の出入口ドアを押し開けながら、ぼくはきいた。

「あの子と何かあったの？」

「あの子たちがわたしの持ってるものをうらやましがってるだけ」

エリザベスを見つめる。同じ場面をすでに経験した気がしてしかたがなかった。

「どういうこと？」

「とても単純なことよ。永遠の忠誠」

そこで彼女は携帯電話を取り出した。

「つまり、カラダ目当ての男の子はだめってこと。でも、まわりにはそういう男の子しかいない。だから、片想いはいいけど恋人は禁止。毎晩夜七時にグループの女子たちと夕食をとる。それがルールよ」

「待った。彼女たちは、ぼくがカラダ目当ての男だと思ってるの？」

「ヘアスタイルがカラダ目当てっぽい、って」

エリザベスはそう言うと、ものすごい速さでだれかに携帯メールを打った。

「でも、あなたはちがう。わたし、ほかのどの子よりも長くあなたとつき合ってるけど、そんなふうに思ったことないもの。あなたが学校をやめたジャンキーの女の子と恋をしてたことはみんな知ってるし、あなたはその子といっしょに殺人の罪を着せられて、でも、今はもうその子はいない。みんな、それがすごくロマンティックだと思ってるの。マルタから言われたわ、あなたがわたしを傷つけるだろうって。そのせいで、わたしたちは友だちじゃなくなった」

ぼくはどう言えばいいのだろう。

「どうしてそれをぼくに話してくれなかったの？」

エリザベスは携帯電話をしまいこんだ。

「だって、あなたの口から、それが本当だって聞きたくなかったから。わたし、生物の授業に行かなきゃ。またあとでね」

彼女はぼくの頬にキスすると、走っていった。

エリザベスに関して、ぼくが知らないことはまだたくさんありそうだ。

授業時間が終わったら、キトリッジの部屋に行ってあいつを問いつめてやれるけれど、それまで三時間ほど暇をつぶさないといけない。ぼくは図書館に身を隠し、ＰＱ～ＰＲの書名の書架に直行した。図書館は静かで（ほとんどの生徒は自由時間がない。昼食後は特にそうだ）、館内には枯れ葉みたいなにおいが満ちていた。暖房は相変わらず暑すぎる。服を上から何枚か脱いで山にすると、個人用閲覧席に腰を落ち着けた。

ゆうべ、車に乗って父の家に帰る途中、遅ればせながら電子メールのパスワードを変えておいた。メールアカウントのバックアップを呼び出し、送信ずみメールをもう一度調べてみた。驚いたことに、偽メールはいかにもぼくの書いたものっぽい。偽造した人物は、ぼくの過去メールに丹念に目を通し、語調に耳を澄まし、締めくくりかたに気を配っている。〝ぼく〟がきのうエリザベスに送った最後のメールはこんな具合だ。

E、

さっきは本当にごめん。

どこか人目のあるところで会えたら一番いいかも、そこで話ができる?

トムのパーティに来ないか——ぼくはそこにいる。　J　x

これを読んでぞっとするのは、ばかげている。文面のひな形なら、この一年間にぼくが送った何百通というサンプルの中にあるのだから。なのに、ぼくはぞっとしていた。イニシャルを使う（E、J）のはすぐにまねできる。最後にキスマーク（x）をひとつかふたつ添えるのは、英国でメールを送るときのごくふつうの習慣だ。だけど、長い文と短い文の組み合わせ、疑問符で終わる非疑問文、ダーシ（――）は、すべてぼくが多用する癖で、そのことに今気づかされた。

ここにはなんの手がかりもない。少なくとも、ぼくには見つからない。わかるのは、これがやっつけ仕事ではないということ。ぼくの文体に似せるために、犯人は最低でも数時間は研究しただろう。

まちがいなくルシアンの仕業だ。ほかのだれがこんなことをするだろう。とはいえ、結論を急ぐのは禁物だ。事実を集める前に結論を下すとどうなるか、ぼくはこの目で見てきた。モリアーティ一族、そしてマイロ・ホームズたちを引きずりこみ、自分の推測が正しかったことにするために力を最大限に行使したからこそ、友人が雪の中で射殺される結果に終わってしまったのではないか。

携帯電話の画面で、受信したばかりの携帯メール文が表示された。気をまぎらしてくれたシェルビーに感謝だ。

〈もうすぐお兄ちゃんに会えるよ。学校を見学してから、パパの家に向かう。話すことがいっぱい。お兄ちゃんがまたトラブルだって聞いた。びっくり〉

ぼくはゲロの絵文字を並べ、

〈じゃあ、あとで〉

と返信した。

まだ時間をつぶす必要があったので、図書館の共用パソコンの一台を使ってAP西洋史の宿題を始めた。なかなか集中できなかった。三年生の春に窃盗容疑で停学処分になったとしたら、どんな成績を取ろうが関係ない。どこの大学にも行けないのだから。

そのことに関して、ぼくは意外なほど冷静だった。運命論を受け入れているのかもしれない。だとしたら問題はない。ぼくは文章を書くのが得意――卓越してはいないけれど、けっこううまい――で、気がつくと第一次世界大戦の原因についてすっかり執筆リズムに乗っていて、文章を次々に紡ぎ出し、順序を入れ替え、自分の主張に反論を試み、考えをまとめるために手を止めた。

あまりに作業に没頭していたため、隣の席にキトリッジがいるのに気づいたのは、彼が身を寄せてぼくの耳に熱くて気持ち悪い息を吹きかけてきたときだった。

「おれを捜してたって？　おれもおまえに話があるんだ」

第十六章　シャーロット

わたしはすでに電話をかけ終え、今はその応答を待っている。

シェリングフォード高校の情報源から一分間に三通のメールが来た。

〈どうして返事をくれないの?〉

〈今どこ?〉

〈あなたは気にもならないの?〉

わたしは不安のあまり建物の中に入れず、不安のあまりじっとしていられなかった。訪れたブラウンストーン建築の家の入口階段を上ったり下りたりしている。

ルシアンなら、わたしがここにいるのを見つけ出せるだろう。彼はわたしがグリーン警部と協力していることを知っている。警部の妹のアパートにとどまっていたなら、わたしは愚か者だ。

だれにも見つからない場所がアメリカにはたくさんある。名前を変えてオクラホマ州に移ってもいい。わたしの身は安全だろう。安全……安全、安全、安全。モリアーティは別のふたつの便のチケットも買っている。だが、予約リストにふたつの名前はなかった。突き止める方法もわからない。フィリッパ、そしておそらく別の手下だろう。森でわれわれをシカのように狩ろうとするタトゥーの男。

なぜわたしは今、このようなことを感じているのか。ドアを彫刻してダムに作りかえたら、こんな気分になるのか。ついには水に吹き飛ばされ、飲みこまれてしまうのか。

わたしの身は安全ではない。これほど心から安全を望んだことはない。わたしは長いあいだあの男を追ってきた。だが今は、スイスで母とともにすごしたくてたまらない。母の与えてくれる心地よさを味わえるなら、どんなものでも受け入れよう。

仮にルシアンがまだわたしの滞在場所を知らないとしても、このように白昼、変装していない自分自身の姿で醜態を演じていたら、すぐに知られてしまう。現に、通りすがりの年配女性が立ち止まり、助けが必要かどうかを尋ねてきた。どこかに電話したほうがいいか、と。わたしは、大丈夫です、と請け合った。うっかり鍵を忘れて締め出されてしまい、トイレに行きたいだけだから、と。

その釈明は九十八パーセントの成功率を誇る。年配女性はうなずき、立ち去った。

わたしはラテン語の格変化を頭の中で暗唱した。両脚を形成する骨の名前をひとつずつ口に出してリストアップした。最初はアルファベット順、次いで大きさ順に。覚えている星の名前をそらんじた。頭の中にある長いデータの巻物をどんどん開いていく。知っている事象。表やリストにまとめて検討できる事象。世界がどれほど変化しようとも不変だと学んだ事象。

わたしは変化しつつある。不意にそう思った。ずっとそう望んできたし、今も望んでいる。一年前であれば、ルシアン・モリアーティが向かってくるとわかっても、けっしてこのようなふるまいはしなかっただろう。

では、代わりに何をしただろうか。

時間をかけて煙草を吸っただろう。ワトスンがどこまでできるかを検討しただろう。自分が何を失っても平気でいられるかを考えただろう。ルシアンを罠にかけて無力化する計画に勝負を賭け、そのために兄の資金と父のコネを使い、ルシアンに罰が下るのを見届けたら、すっぱりと手を引いただろう。彼を黒い箱に入れ、海底に沈めただろう。

それは、むろん、オーガストが死ぬまでの話だ。

またしても彼のことを考えていた。わたしは過去のあのできごとについて考えることを自分にさせる気はいっさいなく、この二十四時間、自分を現在に引きとどめておくために長々と思考を向けられる対象を作らねばならなかった。あとはどのような安全措置が残されているだろう。リストをさかのぼって調べてみる。二次方程式。フェルミのパラドックス。調和と均整の取れた数字と文字。わたしは頭の中に……。

頭の中に思い浮かべたのは、オーガスト・モリアーティがわたしの寝室のドアをノックした日のことだった。あれは十四歳の誕生日を迎えた翌日のこと。

わたしはベッドの中にいた。リハビリ期間のあと、かなり長い時間をベッドですごしていた。リハビリから戻るとすぐに昔の供給者のもとに行き、関係を断とうと試みたが、失敗に終わった。たった一週間だった。症状は以前とまったく変わらない。吐き気と焼けるような熱さと付随する悲観的な気分、そこに感じられる奇妙な慰め。古くからの友人のようになじみ深かった。

「シャーロット」

オーガストがもう一度ノックした。

「ええと、そこから出てくるのは……嫌かい？　顔を合わせられるかな？　これではだいぶやりにくいと思うんだ」

わたしはまだベッドにいた。

「ああ」

わたしは答え、寝返りを打って枕に顔をうずめた。

「その〝ああ〟は、〝ああ、出ていくのは嫌だ〟の意味かい？　それとも〝ああ、確かにやりにくい〟か？」

「わたしは……」

言いたい言葉が出てこなかった。本で一度読んだことのある言葉。だが、わたしはぼうっとし、内壁がひりひり痛んでいた。頭の内壁が。そのせいで考えることがうまくできなかった。

「わたしは不定愁訴を抱えているんだ。明日また来てくれ」

音が聞こえた。手のひらをドアに押しつけるような音。次いでドアが開いた。

「おっと。部屋を少し明るくしていいかい？」

わたしに抗議の暇も与えず、彼は照明のスイッチを入れ、ブラインドを開け、床に落ちていた毛布を拾い上げると、それをたたんでベッドの端に置いた。

一連の動作をわたしは見るのでなく聞いた。まだ顔を枕に押しつけたままだった。

「シャーロット」

わたしはようやく顔をねじってオーガストを見やった。彼の髪はブロンドの巻き毛で、デコレーションのように外向きにカールしていた。のちに、わたしはそれを美しいと感じるようになる。

「ご両親はここにいないのかい？」

「いない」

そう言ったあと、それは嘘かもしれないと気がつき、言い直した。

「たぶん。確かではない」

「きみは病気なのか？」

それは単純で面倒のない説明だ。それを採用することにした。

「ああ」

そこで彼が心を決めたのがわかった。

「これが家庭教師の初日ということなら、初日を始めようじゃないか」

彼は一瞬落ち着かなげな様子を見せてから、わたしを見やり（わたしの魅力はまぎれもなく壁かけ時計並みだった）、それから部屋を見渡し、書棚に近づくと収納してあるわたしの蔵書を指でたどっていった。

オーガストが静かに言った。

「病気で寝ているとき、わたしはだれかに本を読んでもらうのが好きだった。きみも読み聞かせをしてほしいか？」

「わからない」

わたしは答えた。本当にわからなかった。彼はどんな本を想定しているのか。微積分の教科書だろうか。それは骨が折れそうだ。

「自分で見つけるから……」

わたしが言いかけたとき、彼の指が止まった。

「ああ。これはどうかな？」

そう言って書棚から一冊抜き出した。

「書名が見えないから、どうかなと問われても意見を述べることができない」

「しいっ」

その言いかたはやさしかった。

「わたしはこっちの椅子に腰を下ろす。では、ここから始めよう」

彼は表紙が見えないように両手で隠しながら本を開き、親指でページを後ろのほうまでめくっていった。

「〝わが友シャーロック・ホームズの名を高めることになった、かの並はずれた才能を記録する物語を書くのもこれで最後となると、ペンを取るのも気が重い〟」

わたしはこのようにしてオーガスト・モリアーティと知り合うことになった。『シャーロック・ホームズの回想』を読む、ゆったりと落ち着いた彼の口調は、さながら妹を相手にするようだった。最愛の人を相手にするようだった。もしくは、わたしがその両方であるかのようだった。

　彼がそうしてくれたのは、あのとき一回きりだ。

　ブラウンストーン建築の家に続く入口階段の下で膝を抱えながら、わたしは自分が泣いているのに気がついた。

　レアンダーが見つけてくれたのは、ちょうどそのときだった。

「来てくれたのですね」

　そう言ったとたん、わたしはいっそう泣いた。

　レアンダーはわたしを上の部屋まで連れていった。ふかふかのソファにすわらせ、肩に毛布をかけ、わたしを泣くにまかせておいた。ほどなく浴室から湯を張る音が聞こえてきた。

「さあ、立って。おいで」

　わたしは子どものように手を引かれていった。

「泡でいっぱい。ピンクの泡」

　バスタブを見て、わたしはぼんやりとつぶやいた。湯には一面に泡が立っており、バラの香りがした。

「そうだよ。風呂にしばらく浸かりなさい。最低二十分。わかったかい？」

わたしはうなずきを返した。

「よろしい」

叔父はわたしを浴室の中に押し入れ、ドアを閉じた。

わたしは言われたとおりに湯の中にすわった。髪からピンを抜き、きれいに並べる。タオルでメイクを落としてから、頭を湯の中に沈め、温もりを味わい、しばらくして顔を出したとき、湯に浸かるのが本当に久しぶりであることを思い出した。わたしは湯がたまるのを待つのが嫌いなのだ。バスタブがいっぱいになるまで辛抱を要する。

レアンダーはすでに出かけていたが、ふたたびドアが開く音が聞こえた。叔父の特徴的な足音が戻ってくる。わたしがそれとわかるように足音を意図的に誇張していた。たちまち呼吸が速くなるのを感じた。ひょっとして、ルシアンがここまでわたしを追ってきたのではないか。ルシアンはレアンダーとわたしのことを熟知しており、叔父がどのように歩くかも知っていて……。

そのとき、歌声が聞こえた。レアンダーは歌などけっして歌わないのに、今は歌っている。ダニーという男の出てくるアイルランド民謡だ。あれはまぎれもなく叔父。朗々として少しもの悲しい美声を聞くうちに、また泣きたくなった。わたしをこのような状態にしている原因がなんであれ、それは不快であり、今ここで終わりにする。わたしは立ち上がり、濡れた髪をタオルで拭くと、バスローブに身を包んだ。

そのときになって気がついた。この一時間を情緒不安定の中ですごしたにもかかわらず、コートの中に隠してある錠剤のことは一度も頭に浮かばなかった。

わたしはキッチンに向かった。

「叔父さまの歌声はひどいものです」

彼はアイランド型の調理台に紙袋に入った大量のペストリーと、容器に入ったサラダふたつと、磨き抜かれた短銃身ショットガンを並べているところだった。

「おれだって何もかも完璧というわけではないさ」

そう言ってクロナッツを差し出してきた。

われわれは食事をした。レアンダーが大急ぎで食べ、わたしが食べるのを監視した、と表現したほうが的を射ているだろう。ペストリーを食べるときの常で、わたしはゆっくり咀嚼し、水を飲み、ペストリーを細かくちぎりつつ胃に落ち着く時間を与えた。

「今でもそんなふうなのか?」

「ええ」

子どものころ、食事の時間が苦痛だった。あのころは食べものが好きでなかった。今も好きではない。くどい説明は不要だろう。

「ショットガンはなんのためです?」

叔父はサラダをわたしのほうに押しやった。

「ひと口食べたら、ひとつ答えよう」

「わたしは幼児ではありません。ご褒美など無用です」

「そうだな」

彼がパックのふたを開ける。

「サーモン・サラダだ。ディーン&デルーカで買ってきた。これを食べたら、夕食にはカキを食べさせてやろう」

わたしは思わず笑みを浮かべていた。

「約束です。フォークをください」

レアンダーは長い話を始めた。過去十二ヵ月のできごとを詳細に語りながら、調理台とシンクにはさまれた狭い通路を行ったり来たりした。ワトスンについて述べられた大部分はすでに知っていることだった(それでも事実をひとつ与えられるたびに素直にフォークひと刺し分を食べた)が、ピーター・モーガン＝ヴィルクに関しては、階段でジェームズ・ワトスンとともに聴取したあとの調査で判明したことを教えてもらえた。

「モーガン＝ヴィルクの父親……メリック・モーガン＝ヴィルクは選挙活動のたいへんな

さなかにルシアンにいきなり見放された人物だが、もはや愛人同伴でヨーロッパに身を隠してはいない。現在、彼はニューヨークに戻っている」

レアンダーに手ぶりでサラダを示され、わたしはひと口食べた。

「メリック・モーガン＝ヴィルクは公職選挙に立候補するための準備チームを結成しているところだ。だが、それがどの公職なのか、英国の政治家がなぜアメリカでそうした活動をするのかはわからない。確実にわかっているのは、彼がルシアン・モリアーティを憎んでいること、彼には相当の財力と影響力があること、そして、きみがおれに少なくともふた口分の借りがあるということだ」

わたしは時間をかけてサラダを食べながら、考えをめぐらせた。

「メリック・モーガン＝ヴィルクは、ルシアンと自分の息子……ピーターが手を組んでいるのを知っていると思います？」

「おそらく知らないだろう。そして、ルシアンは理由があって彼の息子のパスポートを所持している。ピーターは単にうまい取引をしたと考えているかもしれない。金をもらって嫌いな父親をむかつかせることができて、そのために自分はアメリカに滞在するだけでいいのだからね。だが、ルシアンには何か計略があるはずだ。それは海外への渡航と関係しているのではないかと思う。他人のパスポートを持っていれば、その人物の身元を盗むことができる。金も奪える。家を乗っ取るケースだってある」

わたしは笑ったが、ジョークではないことに気がついた。

「どういうことです？」

「昨年、そんな事例を手がけた」

彼はペストリーをもう一個つかんだ。

「あきれるほど単純な手口だよ。詐欺師は不動産譲渡届の書式をダウンロードし、盗んだパスポートをコピーして、サインを偽造し、家を自分の本名に譲渡する。おれに調査を依頼した女性は、他人を儲けさせているとは夢にも思わずに何ヵ月も住宅ローンを支払っていた。おれは長期間の捜査の末に犯人をバンクーバーで発見し……いっしょにアメリカに戻るよう説得した。ルシアンの目的が不動産の不正譲渡にあるとは言っていない。だが、他人の身元を得ればきわめて多くのことが可能になる。ルシアンの狙いはそこにあるのだと思う」

「そして、彼はメリック・モーガン＝ヴィルクの息子を巻きこんでいます。メリックはルシアン・モリアーティにひとかけらの愛も持っていません」

そこで、わたしは一瞬考えた。

「われわれは父親のほうに直接接触して協力を求めるべきだと思いますか？」

レアンダーが驚いたように笑った。

「拡声器でわれわれの居場所を喧伝したいのであればね。ルシアンはモーガン＝ヴィルクの最近の動きを把握しているにちがいない。選挙準備チームの計画は公にされてはいないが、厳重な秘密でもないから。そして、政治活動を監視するだろう。われわれはより間接的にモーガン＝ヴィルクをその気にさせるべきだと思う」

「今はそれを保留にしましょう。午後に計画していることがあるんです。叔父さまはヴィルトゥオソ・スクールをご存じですか？」

「知っている。きみは学校のウェブサイトを頻繁に見ているのか？」

「まさか。わたしは掲示板にあるニューヨークの私学フォーラムを読んでいるんです」

レアンダーが口元をゆるめ始めた。

「何がわかった？」

「ハートウェルです」

その名前は公式サイトに記載されておらず、どんなキャッシュページでも見つからなかった。ヴィルトゥオソ・スクールに関連してその名前を見たのは、フォーラムにおいて有給休暇に関する質問を書きこんだ〝MHartwell43〟という人物だけだ。彼はまだ公式に名簿に掲載されていない新入社員であり、しかもすでに転職したいと考えていた。

だが、まだ転職してはいない。

「ほう、ハートウェルか。みごとな手並みだ」

話しているうちに、わたしは身体の内側から温まるのを感じた。単に入浴の効果か、食事をしたためか、あるいは敬愛するおとながそばにいるせいかもしれない。だが、そこには温もり以上のものがある。わたしは自分が理解され、自分の闇の部分すべてに光を当てられたように感じていた。この感覚は初めてではない。過去にワトスンやレアンダー、一度などは母からもそれを感じたことがある。とはいえ、かなり久しぶりだった。

「わたしはずっと……」

苦労してどうにか口に出す。

「叔父さまにとって、どうしようもなく手のかかる姪だったと思います。でも、二度とそうなりませんから」

レアンダーはうなずいた。その目は輝いていた。

「感謝しています。知りえたことを共有してくれて。わたしを信用してくれて。わたしはそうされるに値しないのに」

言葉がすらすら出てきた。せき止めていたドアが吹き飛んで開いたようだ。

「おれのかわいい子」

叔父の声は少しかすれていた。

「むろん、きみはそうするに値するさ。自分自身を相棒にはできないだろう？」

ヴィルトゥオソ・スクールの所在地はチェルシーで、驚くほど静かな通りに面していた。ピーター・モーガン＝ヴィルクのアパートからさほど離れていない。わたしは傘をさしたが、それは髪や服が雨に濡れるのが心配なのではなく、必要なときに顔を隠す遮蔽物がほしかったからだ。

学校自体はひっそりとしており、わたしの母好みの質素なたたずまいだが、意外にも居心地よく感じられた。自然の光。木製の垂木《たるき》。授業に遅刻するまいと手をつないで走っていくふたりの女の子。経験したことのない学校生活への郷愁が感じられる。どこかでだれかがチェロを弾いている。演奏しているのは女子学生だが、曲に聞き覚えがない。おそらく彼女のオリジナル作品だろう。

わたしとレアンダーは入学希望者が面談する部屋に案内されたが、残念なことにわれわれを出迎えて書類に記入させたのは、おしゃれな服を着た若い女性だった。

「ハートウェルは毎週水曜に勤務しているはずなのですが」

わたしがささやくと、叔父はかすかに首を横に振り、声をひそめずに言った。

「心配いらないぞ。わたしたちが入学させてやるから。おまえはここの学生になれる」

そのとき、ひとりの男が笑いながら入ってきた。

「あなたの信念には恐れ入りますね」

レアンダーが右手を差し出し、自己紹介する。

「ウォルター・シンプソンです」

「マイケル・ハートウェルです。わたしのオフィスで、お嬢さんの話をもう少し聞かせていただけますか？」

「これは姪です」

そう言うとレアンダーは得意の一〇〇〇ワットのほほ笑みを浮かべ、部屋にわたしを連れて入ろうと手を差し出してきた。わたしは臆している様子を装った。

「とてもすばらしい場所だわ」

椅子にすわり、スカートのしわを伸ばす。

「音楽がずっと聞こえる！　なんてすてきなの」

レアンダーが腰を落ち着けて言った。

「今年度の転入としては時期が遅いことを重々承知しています」

「高校三年生ですか。ミス・シンプソンは大学への願書をすでに出されているんでしょうね？　果たしてわたしどもがどれほど姪御さんのお力になれるものか」

ハートウェルはわたしのファイルをもう一度ぱらぱらめくってから閉じた。同情するような笑みを向けてくる。

「この時期に学校を変えたいという理由をお尋ねしてもよろしいですか？」

わたしは履いているメリー・ジェーンの光沢のあるつま先を見下ろした。

「個人指導の先生が亡くなってしまったんです。突然のことでした。アメリカの叔父のところへ行って環境を変えたほうがいいと、両親が考えたんです。それに、音楽学校にはまだ入学申請をしていません。その前にギャップイヤーを利用しようと思っているので」

「指導教師を失ったのは大きな痛手でした。長年にわたって二人三脚でやってきましたから」

そこでレアンダーがちらっとわたしを盗み見た。

「この子に叱られるかもしれませんが、わたしはぜひとも……」

わたしは顔を赤くした。

「やめて。それはしない約束だったでしょ？」

「いや、このかたに聴いていただくべきだよ」

レアンダーはバッグからわたしのバイオリンケースを取り出した。

わたしは抗議の声を上げた。

「叔父さまったら」

「いいや、おまえの才能を見ていただくんだ。おまえがこの学校にどれほど向いているかを」

叔父はカウンセラーに向き直った。

「いい考えでしょう？　この子はプロを目指せますし、最高の教育を受けてます。さあ、演奏してみせるんだ！」

ハートウェルは革張りの椅子に深くすわり直した。

「わたしは審査官ではありませんよ。姪御さんは音楽教師のオーディションで演奏するべきです」

そう言いながらも、口の端が鷹揚な感じに上がった。

「姪御さんはお上手なのですか？」

わたしは楽器をまるでそれが生きものであるかのようにそっと持ち上げた。久しくこの手の中に持たなかったもの。贅沢で、あちこち持って歩くと危険をともなう、隠しようのないわたしの趣味。指の下でそれが息づくのを感じることができそうだった。

「ほう、ストラディバリウスですね」

ハートウェルが目を輝かせた。

「これは興味深い」

持ち上げて顎の下にはさみ、運指の準備をした。バイオリンをかまえると、いつも空のことがちらっと頭に浮かぶ。輪を描いて飛ぶ鳥、輝く太陽、などなど。説明するのはむずかしい。

ざっとグーグル検索しただけで、マイケル・ハートウェルがメトロポリタン・オペラとニューヨーク・フィルに大口の寄付をしていることが判明した。ゆえにバイオリンだ。

わたしの準備が整ったところでレアンダーが言った。

「ミスター・ハートウェル、この子はきっとあなたを泣かせると思います。オリジナル曲を弾いてさしあげるんだ、シャーロット」

すでに目を閉じていなかったら、わたしは野ウサギのように仰天しただろう。これは計画にまったくなかったことだ。すでに、わたしが望んでいたよりかなり事実に近いものにねじ曲げられている。レアンダーには、わたしの父親を演じるよう提案していた。自分たちを海外から最近帰国したアメリカ人にしたかった。わたしはサリー州での古風な生活が恋しくて、ギターで歌を作ったほどだという話をするつもりだった。ハートウェルにソングライターである娘を紹介してほしいと頼み、わたしが大ファンだと伝えたら、おそらく彼はうれしく思い、自分が評価されていると感じ、いっそう話をしたがるだろう、と考えていた。

レアンダーは拒んだ。きみのバイオリンを持っていけ。わたしの姪になれ。わたしに主導権を握らせろ。

自分がかかわる計画において、わたしは他人に主導権を握らせたことはない。必要に迫られないかぎり、計画からの逸脱を許したことはなく、その〝必要〟はきわめて狭い範囲で定義される。だが、今日のわたしは自分の直感を信じていない。胸に恐怖がざわめいて消えないのだ。わたしは譲歩した。

これは主導権を断念するという意思のあらわれか、それとも単なるためらいか。自分でもわからない。グリーン警部との協力関係でもこのようなことはある。だが、彼女はわたしに指示するものの、わたしがそれにしたがうか（あるいはしたがわないか）を現場で見ることができない。これはまったく別物だ。

そして今、レアンダーはわたしを〝シャーロット〟と呼んだ。書類には〝ハリエット・エロイーズ・シンプソン〟と記入したというのに。しかも、作曲したことのないオリジナル作品を弾くように言った。

ハートウェルは名前のことに気づいただろうか。気づいたにちがいない。目を開けてそれを確かめる危険は冒せない。叔父が遊び半分で何をしようが……だが、すでに一瞬を超える時間が経過した。十八歳の女の子が自分を落ち着かせるのに十分な時間が。

わたしは演奏を始めた。子どものころに地域の演奏会で聴いた民俗音楽のメロディを思い起こしていた。両親に演奏会に連れていってもらったことは一度もない。両親には芸術の血が流れていないのだ。だが、そのときわたしは八歳で、バイオリンの魅力に取り憑かれており、家政婦からフェスティバルの話を聞いていかにも行きたそうな顔をしたのを、ちょうど夏の休暇で帰省していたマイロが目にした。

「おまえは妹を甘やかすのか？」

父が兄に問いかけた。そこには非難も驚きも含まれていなかった。

マイロは肩をすくめた。

「妹は楽団の演奏を聴きたがっています」

わたしの記憶では、マイロが父に抵抗したのはあのときだけだ。兄はその痩せた肩にわたしをのせると、町に下りていった。

町には、テスコ・スーパー、ワインバー一軒、方向性が曖昧な〝ギフト〟店が数軒と、海辺を行き来する観光客に向けたお決まりの店しかない。しかし、その夜ばかりは草の広場にガゼボが建てられ、そこで四重奏団が伝統的な曲を演奏していた。わたしは兄の肩の上から見物した。町の人びとは、われわれが家族で連れ立ってあらわれることに慣れていない。ホームズ一族は丘の上のヴァンパイアなのだ。それでも、わたしは音楽に合わせて手を打ち鳴らし、兄はリズムに合わせてわたしを上下させ、ほどなく年配の紳士が近づいてきてわたしにダンスをしたいかと尋ねてきた。マイロがわたしを肩から下ろし、とまどうような目で見守る中、わたしはドレスをはためかせながらくるくると回り続け、ついには目が回って地面にすわりこんでしまった。

「気に入ったか？」

祭りが終わったとき、兄がきいてきた。

年配の紳士が屋台で買ってくれたリンゴ飴を手に持ち、わたしは家までの道のりを歩いていた。食べてしまうのが怖かった。

こう答えたのを覚えている。

「うん、悲しいところが気に入った」

なぜなら、この日が終わってしまったから。このような日がふたたび来ることはないだろう。リンゴ飴も食べたらなくなってしまい、マイロもすぐに学校に戻って人が変わってしまう。

兄はわたしにあえて説明させようとはしなかった。

あの日のことを記憶から引き出し、今日の中に置いた。ふたつの時間をひとつの歌に紡ぎ、演奏した。

目を開けたとき、マイケル・ハートウェルが泣いていた。

「シャーロット」

彼のうなじの産毛が逆立っていた。

「美しい演奏だったよ。本当に……本当にすまない」

わたしは膝の上にバイオリンを置き、口を開いた。

「つまり、あなたはわたしの正体を知っている」

「ああ、きみの写真を何枚か見せられていたからね」

レアンダーが立ち上がった。

「だが、おれの顔は知らなかった」

「そう。シャーロットだけだ」

叔父がわたしとハートウェルのあいだに身を置いた。

「きみはここで働いている。だが、ワシントンのマーシー総合病院で精神科の研修医をしていた。合っているか？」

ハートウェルが涙をぬぐう。彼が震えているのに気がついた。泣いたことによる余波だろう。

「そうだ」と彼が答える。

「モリアーティにどんな弱みを握られている？」

「何も。何もない」

わたしは咳払いした。

「では、彼から提供されるものはなんだ？　彼はあなたのパスポートを使用してアメリカに入国している。死亡者の身元を使えばいいのに、なぜそうしない？」

彼がどう答えるか知りたかった。

ハートウェルが縁を赤くした目でわたしを見た。彼の感情を揺さぶったのはわたしの音楽ではない。音楽が何かを……だれかを思い起こさせたのだ。それは彼の娘。視線をデスクのフレーム写真にさまよわせる仕草でわかる。写真の若い女性は青いドレス姿でギターを抱え、フレームには〝わが音楽少女〟と書かれてあった。

「取引をしたんだ」

ハートウェルはゆっくりとした口調で答えた。

「わたしには……何人か知り合いがいるんだ、ワシントンのマーシー総合病院に。彼が望んだのは、わたしがその人たちとの関係を利用して彼のためにある便宜を図ることだ。もしもそれを断ったら、彼は……それについては言えない。わたしには子どもたちがいる。守るべき家族がいるんだ」

ワシントンDCの豪華な巨大病院。コネチカット州の人里離れた場所にあるリハビリテーション施設。ニューヨークのプレップスクール。

ハートウェルがレアンダーに向き直った。

「あなたが本当の叔父なら、この子をかかわらせてはいけない。できるだけ早く遠ざけるんだ。わかったか？　荷物をまとめ、飛行機に飛び乗り、どこか手の届かない場所に行くんだ。このオフィスが盗聴されているかどうかさえ、わたしには……」

レアンダーが進み出た。繊細に作られた両手はポケットに入っている。

「最後に捜索したのはいつだ？」

「捜索？」

ハートウェルはレアンダーをじっと見返した。

「わたしは臨床心理医だ、ミスター・ホームズ。あなたとはちがう。あなたたちとは。オフィスの盗聴器を発見する方法など知らない」

屋根の上すれすれをヘリコプターが飛んでいった。ハチの大群のように騒音が大きくなる。

わたしは音の行方を追跡しながら問いただした。

「この近くにヘリパッドは？」

「そんなものは……彼は……彼はここにはいない」

ハートウェルはどうにか声を絞り出していた。

「彼はまだいない。だから、もう行くんだ。街を離れろ。そうしないなら、何か起こったとしてもそれはわたしの責任じゃない」

それ以上話すことはなかった。われわれは急いで持ちものをまとめ、外に走り出た。バイオリンケースが何度も脚に当たった。不快なことに雨がみぞれに変わっており、叔父とわたしはたがいの身体をつかみながら、すべりやすい通りを急き立てられるように進んでいった。

「叔父さまは〝シャーロット〟と呼びました」

交差点で信号が変わるのを待ちながら、わたしは言った。

「正体を明かしたのはなぜです？」

「よき人間のしるしはなんだ？」

「はい？」

「しるしだ。相手が信用できる人間かどうか、どうやって見分ける？」

「わたしは信用なんかしません……さほど。叔父さまのことは信頼しています」

どういうわけか、レアンダーが笑いだすのではないかと思った。それは見たくない類の笑いだろう。叔父は帽子をかぶっていないので、きれいに後ろになでつけた髪にみぞれの粒が真珠のように付着していた。厚地のコートは仕立てがとても美しく、茶色の柔らかい革の靴は地味ながら見映えがいい。だが、彼の顔つきは獰猛なオオカミのようで、どんなヒツジでも牧草地に追い返せそうだった。

叔父は恐ろしい人物なのかもしれない。今になって気がついた。

わたしが見つめていると、レアンダーはその表情を注意深く消し去った。あたかもジャケットを折りたたむかのように。信号が変わった。叔父はふたたび穏和になっていた。寛大な紳士、子ヒツジに。

「きみもいずれは信頼を学ぶだろう。だが、今はまだいい。この件が終わるまで、だれも信用しないでほしい」

「叔父さまのことも？」

レアンダーはわたしを見やった。

「たぶんね」

わたしは彼に腕をからませ、何も言わずにいた。何者かが雪で足をすべらせながら、すぐ背後に近づいてくる。わたしは息を吸い、レアンダーは肩に力を入れた。われわれの横を通りすぎたのは杖をついた老人で、われわれの午後がすばらしいものであることを祈りながら、弱まりつつある日差しの中に消えていった。

今ごろルシアン・モリアーティは、われわれとマイケル・ハートウェルの会話を再生しているかもしれない。

ニューヨークは罠だったのだ。われわれはまんまとそこに飛びこんでしまった。

わたしの思考が聞こえたかのように、レアンダーがうなずいた。

「家に戻ったら、きみは荷造りをするんだ。われわれはここを発つ。今夜のうちに」

第十七章　ジェイミー

　ぼくの知っているラグビー選手たちは、ある種の示威行為が大の得意だ。それは彼らの肉体と密接に関係しているのだけれど、両肩を引いて体格をより大きく見せたり、仲間といっしょに首の血管が浮き出るまで大声で叫んだりする。相手の男に〝女の子みたい〟な悲鳴を上げさせるために、そいつの額を舐める。靴の中に放尿し、そこに足を突っこんだ男が〝女の子みたい〟な悲鳴を上げるかどうか確かめる。肺の奥から思いきり咳をして出てきたものを吐き出し、たがいの顔に向かって激しく息を吐きかけ、それから雄叫びを上げる。自分のマッチョな男らしさによって相手を女みたいに弱いやつだとこき下ろしたいがために、試合中にグラウンドに押し倒す。

　彼らにとっては女の子だと見なされることが最大の恐怖で、自分に理解できないふるまいをなんでもかんでも〝女の子っぽさ〟のせいだと決めつける。なぜあれほどまで怖がるのか、ぼくにはよくわからない。ぼくの知るかぎり、彼らはたいていてい女の子が好きで、女の子の友だちがいて、ぜひともデートやセックスをしたいと思っていて、練習のあとには女の子の話しかしない。なのに試合の練習で野獣のようにタックルし合う集団になったとたん、競争を好み、相手をとことんやっつけて泥の中に倒したくてしかたがなくなる。それが練習以外でも身体的行動となってあふれ出す。チームメートの全員がそんなやつというわけではない。数えてもせいぜい半数だろう。とはいえ、ぼくにとっては十分に限度を超えている。ぼくは冷静かつ目立たない存在となるすべを学び、自分がそうした攻撃性の標的にならないようにしてきた。キトリッジだって同じ戦略を取ってきた。

ところが、今日はちがう。

ぼくはすわったままキトリッジのほうを向いた。

「ぼくに言いたいことがあるのか？　言えよ」

キトリッジは唇を舐めた。

「おまえは責任をおれになすりつけようとしてる。マルタから聞いたぞ。何もかも聞いた」

「具体的になんの責任だ？　きみに何をなすりつけるって？」

ぼくは人を非難しただけだ。ここはぼくの元親友のようにふるまったほうがいい。

「きみは停学処分の恐れもないし、あのいまいましい千ドルを盗んだと指をさされてもいないじゃないか。じゃあ、なんだ？　エリザベスとぼくが、アナとゆうべ最後に話した相手について質問をしたから、きみは急に尻に火がついたのか？　そうは思えないな」

キトリッジがかぶりを振る。

「おれは彼女の金を盗ってない」

「彼女が存在していると言ってるだけの金を……」

「黙れ」

彼が反射的にさえぎってきた。この戦術はホームズから学んだもので、めったに失敗しない。人はいつだって人のまちがいを正したがる。

「おまえは何が起きたか知ってるみたいな顔をしてるが、何もわかってない。おれはこの目で見た。彼女は札束を持ってて、ポケットから出しておれに見せたんだ」

「彼女が？　なんのために？」

キトリッジが警戒するように周囲を見たけれど、図書館にはぼくたちしかいない。

「だれかからもらった金だって言ってた。信じられないって顔で笑いながら。金が必要なわけじゃない、とも言ってた。けど、妙に気分がハイだった。ＭＤＭＡのせいなのか、おれにはわからない。やったことはないからな」

「ぼくだって、やったことはない」

「まあ、聞けって」

キトリッジはテーブルの上に手を広げてから握った。

「おれがおまえなら、ベケット・レキシントンと話をしてみる。やつが彼女にそのクスリを売ったんだ。もしかするとやつが現金を先払いして、彼女にさばかせてたのかもしれない。やつはときどきそうするらしい……ランドールが話してた」

ぼくが考えていたものよりつじつまの合う理論だ。キトリッジに対する評価が一段階上がった。

「やってみるよ」

ぼくの答えを聞いてキトリッジが立ち上がった。

「おれたちは今の話をしてない。いいな?」

「アナに知られたくないんだな」

「ああ、そうだ」

彼は油断のない目つきでぼくを見た。

「けど、おれはだれかが無実の罪で停学処分になるのも望んでない。ベケットは校内のラジオ放送局で働いてる。まずそこから始めてみろよ」

彼が手を差し出してきた。ぼくは強く握り返した。一瞬にして、ぼくたちはもはや獣でなくなった。

キトリッジが言った。

「シェリングフォード高校から出ようぜ、ここで生きたまま食われちまう前に」

ところが、ベケット・レキシントンは簡単には見つからなかった。放送局に行ってみると、そこはウィーバー寮の地下にある狭苦しい部屋で、自動で放送されるシステムになっており、床にはレコードが散らばっていた。カフェテリアはあと一時間たたないと開かないから、彼を夕食時に追いつめることができない。結局、ネット上の名簿で彼の部屋を調べた。どうやら、ぼくと同じミッチェナー寮の一階に住んでいるらしい。だけど、寮の正面玄関前の階段でぼくは躊躇した。受付デスクにミセス・ダナムがいるだろうし、彼女はぼくが強制的に休暇を取らされていることを聞いているだろう。敬意を抱いている人物の手でキャンパスから追い出されるはめにはなりたくない。

携帯電話が鳴った。

〈おまえの母さんが今夜着く〉

父からのメールだった。

〈学校には何時に迎えに行こうか？〉

〈あとで連絡してもいい？〉

と返信しておく。

暗がりに立ち、どうしようかと迷っていると、ミセス・ダナムがドアのところまでやってきた。

「本当に寒いわね」

そう言って手招きする。

「さあ、入って。お湯を沸かしましょうね」

ぼくが中に入ると、寮母は受付デスクの後ろに戻っていった。

「今、うちから持ってきたクッキーにアイシングをしていたところなの。手伝ってもらえるかしら？」

張り込みに似つかわしくない行為だ。

ぼくはロビーから椅子を一脚引きずってきた。ミセス・ダナムのデスクの上は、愉快で役に立ちそうもないものたちであふれかえっていた。編み物の入ったバスケット。学校に行っている娘に送るために彼女が編んだ明るい色のマフラーでいっぱいだ。スウェーデンで買ってきた赤と青のダーラナホースの行列。幸運を呼ぶ木彫りの馬だそうだ。彼女のコーヒーマグが置いてあるのは積み上げてある本の上。メアリー・オリバー、フランク・オハラ、テレンス・ヘイズなどの詩の本で、積まれた順番はいつも入れ替わっている。その横のタブレット端末では、何も考えずに観られる警官コンビのドラマや英国のベーキング料理のコンテスト番組が流しっぱなしになっている。彼女のあらゆる計画は、寮の中でぼくたちの起こした小さな火災を消し止めに行く必要に迫られたら、即座に中断を余儀なくされてしまう。

今日はシュガークッキーの入った巨大なプラスティック容器が置かれ、ほかに赤と青と緑のフロスティングがたっぷりかかった小さなクッキーもある。ミセス・ダナムはぼくにナイフを渡すと、ふたたびベーキング料理のコンテスト番組を再生させた。ぼくは自分がアイシングをほどこしたクッキーを平らげてしまわないよう必死に努力しながら、寮の出入口を見張った。

男子生徒たちが練習や図書館や学生会館から戻ってきては、また出ていく。アナの金の件や〝休暇〟のことを知った連中が向けてくる視線に負けないよう、ぼくは強い覚悟で臨んだ。ところが、だれひとりそんな目でぼくを見なかった。何人かから「よう」と挨拶され、授業を休んだのは病気のせいかときかれ、ぼくは、ひどい病気だけど伝染性じゃないから来週には復帰できそうだ、と答えておいた。

ものごとがうまく行っていないときは、みんなに知られているだろうとか、みんながぼくの噂をしているだろうとか、勝手に想像してしまいがちだ。でも、彼らはこちらが思うほど他人の人生を気にかけてなどいない。

アイシング作業がようやく一番下の段のクッキーまで達したのは、みんなが夕食のために部屋から出てくる前の小康状態が訪れる午後四時半だった。ベケット・レキシントンはまだ姿を見せない。ミセス・ダナムのデスクをもう一度見たとき、ぼくはふとマスターキーをしまってある引き出しに視線をさまよわせた。

「きのう、変なことが起きたんです」

「そうなの？」

寮母は上の空で相づちを打った。ベーキング番組に出演している若い女性がイングリッシュ・マフィンを焦がしている。

「ええ。だれかがぼくの部屋に侵入して、炭酸飲料をそこら中にぶちまけたんです」

ミセス・ダナムがショックを受けた顔でぼくを振り向いた。その驚きは本物らしく見えた。

「なんてひどい、ジェイミー、あなたの私物は被害を受けなかった？」

「ええ、大した被害は。でも、ぼくはいつもドアに鍵をかけてます。きのうの午後、だれかマスターキーを借りに来たりしましたか？」

クッキーを食べすぎたのか、少し気分が悪くなってきた。

ミセス・ダナムは眉をひそめ、メンテナンスの記録簿を取り出した。

「朝七時に大工さんが来て、壊れたサッシ窓を修理して……」

「時間が早すぎますね」

「もちろん、夕食のあとでエリザベスがあなたを捜しに来たときも」

寮母がぼくをちらっと見た。

「そういうのはやめたほうがいいかしら？　部屋にいるときでもあなたが鍵をかけておきたがるのは、わたしも承知していますよ。でも、エリザベスはあなたのガールフレンドだから……」

「それは大丈夫です。ありがたく思ってますから」

「あなたたちふたりはもう十分つらい目にあってきた。わたしにできるなら、少しでもあなたたちの日常生活が楽になるようにしてあげたいの」

ミセス・ダナムはきっぱりと言うと、記録簿に戻った。

「ほかには、夜の見回り点検のときにひとりの生徒に貸したわ。自分で鍵を締めて入れなくなってしまった子がいたの。名前を教えましょうか？」

「いいえ」

ぼくは本格的に吐き気をもよおしてきた。汗もかき始めている。

「終わったことですから、もういいんです」

クッキーを寮母のほうに押し返す。

「調べてくださって感謝します」

「あなた、顔色がよくないわ。保健室に行きたい？」

ぼくは〝保健室〟と聞いて、顔を殴られたみたいにぎくりと反応したらしい。

「ああ！　そうだったわね。でも、ブライオニー看護師はもう働いていないから、気分が悪いのなら保健室に行っても大丈夫よ。今は安全ですからね……」

「ぼくは大丈夫です」

少しあえぎながら答える。リーナが言ったように、ＰＴＳＤなのだろうか。この症状がなんなのか、ぼくにはわからない。

「ジェイミー」

寮母がぼくの額にさわろうと手を伸ばしてきた。ぼくは反射的に身を引いていた。

この一週間の日々は、ぼくに少しも容赦する気がないらしい。ちょうどこのタイミングでベケット・レキシントンが正面玄関から入ってきた。

「ワトスン」

彼はそう言い、スノーブーツでマットを踏みつけた。

「おまえ、ひどい顔してるぞ」

「ひどい気分なんでね」

ぼくは今、事態にきちんと対処できそうにない。

「ちょっと待ってくれないか？　確か……エリザベスが言ってたと思う、きみに話があるって」

ベケットは顔にかかった髪をかき上げた。

「へえ、そいつはクールだな。お、それ一個もらっていいっすか？」

「もちろんよ」

ミセス・ダナムがクッキーの容器を差し出した。

ぼくは携帯電話を取り出すと、ベケットが口につめこんでいる赤と青のクッキーをできるだけ視界に入れないようにして画面にかがんだ。

〈SOS〉

エリザベスにメールを打つ。

〈ミッチェナー寮にベケット・レキシントン。キトリッジはアナにあの金を渡したのがベケットだと考えてる。こんなときに突発事故。まるで役立たずだ〉

エリザベスは即座に返信してきた。

〈あなたは役立たずなんかじゃない。五分で行く〉

彼女はベケットからどれほどの情報を引き出せるだろう。マルタのときみたいに手斧を持って彼を追いかけるとしたら、なおさら心もとない。とはいえ、ぼくはだれかを尋問できるような状態ではない。ぼくにできるのは、父に電話することだけだった。

「父さん」

接続音が聞こえたとたんに話し始めた。

「迎えに来てほしいんだ。できたら、今」

「ちょうど町に来てて買い出し中だ。すぐに行く」

正面玄関前の階段で父の到着を待ちながら、自分がナノウィルスに感染したなどという想像に飛びつかないよう、ゆっくりと呼吸をした。ブライオニー・ダウンズと敵対して病原菌の付着したバネで刺されて以来、気分が悪くなると簡単にパニックを起こしやすい体質になってしまった。

パニックか恐怖、それともトラウマなのか、ひょっとしてミセス・ダナムがぼくに毒を盛ったのか……。

そんなわけはない。冷たい風が顔に心地よかった。目を閉じ、しばらく身体をゆっくり揺らしてから目を開けてみると、エリザベスがぼくを見つめていた。

「あなた、大丈夫？」

ぼくは寮の中を手ぶりで示した。ベケットが片手にクッキーを持ち、携帯電話の画面をスクロールしている。ぼくはエリザベスに頼んだ。

「彼と話をしてくれる？」

不意に彼女がにこっと笑った。

「顔にフロスティングがついてるわ。青いフロスティング。あなた、まるで雪だるまみたいよ。夕食にクッキーを食べたの？」

ぼくは昼食もとっていないのを思い出した。レストラン〈ビストロ〉に行きながら、何も注文せずに出てきたのだった。実のところ、朝から何も食べていない。そう考えたとたん、吐き気が少し弱まった。この気分の悪さはパニックの症状にすぎない、と自分に言い聞かせる。

エリザベスが階段を上ってきた。

「ジェイミー？」

「ぼくは大丈夫」

彼女はニットの帽子をかぶり、その色は瞳の色と合っていた。それを見た瞬間、うれしくて今にも泣きそうになった。

「ありがとう。こんなにも力になってくれて。本当はそんなことしなくてもいいのに」

エリザベスは手袋をはずすと手を伸ばし、人さし指でぼくの唇からアイシングをこすり取った。

「そうね」

彼女の声はやさしかった。

「もちろん力になるわ」

父のセダンが寮の前に横づけされた。

「ぼくの退場の合図だ」

「わたし、レキシントンと話してみる。何を知ってるか確かめるわ。あとで電話してくれる？」

「そうするよ」

ぼくは発作的に彼女の頬にキスした。

「夜にまた話そう」

父の車のトランクを開け、並んでいる買い物の紙袋をずらしてぼくのバックパックを入れるスペースを空けた。紙袋の口からは高価な食料品が覗いている。ゴートチーズ、数本のボトルワイン、よくわからないイタリアの酢漬けした何か。吐き気をぐっと飲みこみ、ぼくは助手席に飛び乗った。

「父さんは母さんと会うのが楽しみなんだね。豪勢なディナーを計画してるんでしょ？」

父は肩をすくめた。

「ただふつうにホストを務めようとしてるだけだ」

車内は暑すぎるほど暖房がきいていたので、車が校門を出るときにぼくは窓を少し開けた。

「ごめん、ちょっと気分が悪いんだ」

父がぼくの顔を見た。

「言うほど気分が悪そうじゃないけどな。エリザベスはどんな様子だった？　おまえたちはもとに戻ったのか？」

「ううん。たぶん、もとに戻ってない」

いい答えでないのはわかっている。謎は一度にひとつずつしか解決できない、みたいなことを言おうかと考えたけれど、すぐにうんざりした。エリザベスはなんと言っていたっけ？　自覚があったとしても、それがあなたのひどいふるまいの言い訳にはならない？

父は何も言わず、車がシェリングフォードの町を抜け、雪化粧した寒い広野に出たところでようやくまた口を開いた。

「人に何も知らせないでおくのはやさしくないぞ」

妙に強い口調だった。ぼくは父を見た。

「父さんに知らせてないことがあったっけ？」

「エリザベスだ」

父はハンドルを握って前を見たまま言った。

「かわいそうに。いいか、あの子は期待してるんだ。あの子を振り回すようなまねを、おまえにはしてほしくない。それじゃ、あんまりだからな。おれは、そんなふるまいをするおまえを見たくないんだ」

ぼくだってそんな自分は見たくないけれど、それは見当はずれというものだ。父からこんなふうに非難されたのは初めてだった。

「父さんこそ大丈夫？　アビーとはうまくいってるの？」

「おまえが首を突っこむことじゃない」

「わかったよ」

ぼくはなんだか落ち着かない気分になった。父がいつも上機嫌であることに、ぼくは何年も不満ばかり言ってきたけれど、その状態でない父を前にすると、どうしていいかさっぱりわからなかった。

車がさらに田舎に向かうにつれて外灯が消え失せ、夜の暗さが増した。このあたりは農地やタービンや干し草の景色が何キロも続くような田園地帯ではなく、道路が小さな町をいくつも通り抜けていく。そういう町はどこもガソリンスタンドとバーが二、三軒しかなく、周囲を古い農家に囲まれている。昼間は取り立てて目を引かないけれど、夜間にみぞれ交じりの雪の中で見ると、古い家々が奇妙でもの悲しく感じられた。

「しかしな」

父がだしぬけに言った。

「おまえが与えられないものをおまえに期待するあの子も、フェアとは言えない。そのことで、あの子はおまえに何も言ってないのか？」

ぼくは「はあ？」とまばたきした。

「まあ、いい。あの子にとって、それはいいことだ。そこらのおとなみたいに、気持ちを伝えることをせず、与えられないものをただ望んで、それについて何も話さず、いっしょにすごして、ひどく苦しむよりはずっといい」

父が話しているのは絶対にエリザベスのことじゃない。ぼくは唾を飲みこんでから言った。

「父さん。レアンダーとはうまくやってるの？」

車が危うく道路の外に飛び出そうになった。

「おまえ、いったいなんの話をしてる？」

「なんの話をしてるか、父さんはわかってると思う」

ぼくは意地悪で言ったわけではない。

沈黙が続いた。農家の建物も続く。そのたたずまいは暗闇に立つ歩哨みたいだ。父が片手でハンドルをたたいた。一度、二度、三度。

「おまえの義理の母さんは、レアンダーにあまり家に来てほしくないんだ。レアンダーがアビーのことを……アビーの言葉を借りると……『彼は、自分のほうがわたしよりもずっとあなたを好きであることにあなたが気づくのを待ってるみたい』な目で見るそうだ」

「レアンダーは頻繁に家に来てたよね」

「彼は通りを行った先に家を借りるつもりでいる。ここ十年はそれほど会う機会がなかったんだ。おれたちは夏に何度か週末をいっしょにすごし、そのとき昔みたいにエディンバラをあちこち回ったり、彼が解決した事件の後始末をきちんとつけたりするが、そんなんじゃ、まったく足りん。ロンドンで彼がおれたちのすぐ近所に住んでたときが一番よかったが、当然ながらおまえの母さんは激怒した。おれは……ああ、おまえにこんな話をすべきじゃないな」

「だろうね」

「アビーはおまえの母さんとはちがう。もっと冒険に前向きなんだ。おれたちはいろいろ楽しんでる」

父は自分に何かを納得させるようにうなずいた。

「アビーは、彼がおれに恋をしてると思ってるんだ」

ついに来た。

「彼は、そうなの？」

「まさか」

父は会話がこの方向に進んでほっとしているように見えた。まるでずっとここが終点だったみたいに。

「そんなわけがあるもんか。彼がゲイだからといって、ストレートの親友に恋をしてるってことにはならん。おれは他人からそれをほのめかされるのが嫌いなんだ。それは、おれたち両方に対する侮辱だからな。とにかく、おれはただ……彼はすばらしく優秀じゃないか。レアンダーはどこへ行っても中心人物になるし、だれが見てもハンサムな男だ。彼が望めば、だれだって手に入るんだ、おれのそばにいるのは恋い焦がれてるからじゃない。これだけ人がいる中からおれを選ぶか！　ばかばかしいだろ？　そんなことは……」

父の声が消え入った。

ぼくは自分の両手を見下ろして言った。

「彼にとってはすごく悲しいことだね」

「ああ、なんてこった」

みぞれが一段と激しくなった。フロントガラスで小さな氷のかたまりがはねる。

「そうだね」

ぼくは言い、ひと呼吸おいてからきいた。

「レアンダーは父さんにとって大切な人物？」

無意識のように父がワイパーのスイッチを入れた。

「おれは一度も……おれは男には惹かれない。彼だって例外じゃない」

「でも、レアンダーは……」

「おれにとって大切な人物だ」

まるで自分自身に言っているようだった。

「ただ好きであることだけによって人生をともにする相手が決まったらいいのにと、たまに思わんか？　そのほうが人生から複雑さが軽減されるんじゃないか？」

ぼくは十七歳だ。ひとりの女の子とつき合っているようないないような微妙な関係にあり、その子はまさに今、ぼくが濡れ衣を着せられた犯罪について校内の密売人を尋問している。そして、ぼくは親友に恋をしていて、彼女は一年前から音信不通なのに、まるで自分の心臓のかけらみたいにぼくの日常の中で息づいている。ぼくは知らず知らずに残りの人生について考えていた。

「それで複雑さが軽減するとも思えないよ」

ぼくは言った。

父の家が見えてきた。こんな天候なのにガレージの扉が開いていて明かりがつき、レンタカーからスーツケースを運び出す人影が中に見えた。

「おまえの母さんが着いたようだな」

父が明るく言い、車をドライブウェイに乗り入れた。父はぼくの嫌いなおとなの対応を見せ、親子のぎこちない会話などなかったふりをしている。

「玄関から入って、それからネコが外に出てないか確かめてくれるか。あと、おまえの義理の母さんが手伝いを必要としてるかきいてくれ」

ぼくはトランクからバックパックをつかみ、買い物の袋をいくつか抱えると、中身を見ないようにしつつ（ぼくの胃は今も食べものなど存在しないふりをしたがっている）、みぞれの降る中を苦労しながら玄関まで歩いた。

アビーの姿はどこにもなかった。ネコの姿も。ネコを捜してパントリーに入ったとき、携帯電話が鳴った。見覚えのない番号からだった。

「もしもし？」

「お兄ちゃん？　わたし」

「シェルビーか？」

ジャガイモの入った袋をいくつかどけてみたけれど、ネコはいない。

「今、どこにいる？　この家じゃないのか？　どうした？」

「そばにだれもいない？」

妹の声は切迫し、ざらついていた。

パントリーのドアをつかんで閉める。

「ぼくひとりだよ。何があった？」

「お兄ちゃん、何もかもほんとにめちゃくちゃなの。何から話せばいいかわからないぐらい。でも、たぶん話せるのは一分ぐらいで……」

ぼくの鼓動は速くなった。

「何が起きてるんだ、シェルビー？」

「あの学校、コネチカットの。お兄ちゃん、ここは学校じゃなくて、リハビリ施設みたいで、なんで自分がここにいるのかわからないけど、でもいるの、今は医務室で、たぶん自分に何が起きてるかわかったときに気絶しちゃって、で、ここの電話からかけてるの、わたしのは取り上げられちゃったから、でも医者がもうすぐ戻ってきそう、お兄ちゃん、なんとかして、わたしを助けに来て」

「リハビリ施設？」

自分の聞いた内容が信じられなかった。

「向こうはなんて言ってるんだ？　いったいどうなってる？」

「ママよ。もう、意味がわかんない。お兄ちゃんがやったんだったらなんでもないようなことでママにすごく怒られて、でも、そもそも変だった、いつもなら怒るだけなのに、そのときは急にわたしの部屋を探し始めて、引き出しの中からウォッカの瓶を見つけて、でも、わたしのじゃない、ほんとよ、見たこともないの！」

「信じるよ」

「それで、テッドがママを落ち着かせようと話をして……足音だ。足音が聞こえる。待って」

ぼくは電話を耳に押しつけたまま暗いパントリーで立ちつくし、妹のおびえた息づかいに耳を澄ましていた。生まれてから、こんなに自分が無力だと感じたことはない。

「行ったみたい」

妹はささやき声になっていた。

「あの人たち、いつ戻ってくるかわからない。でも、この学校は……もう無理。人里離れたキャンプみたいで、馬はいるんだけど、〝サバイバリスト〟みたいな、ほら、森の中に人を何日も置き去りにする人たち。学校なんて全然ないし、ママはテッドと結婚しちゃうし……」

「なんだって？」

「お兄ちゃんを驚かすつもりだったの」

シェルビーがあまりに早口でしゃべるので、話が半分ぐらいしか理解できなかった。

「きのうの昼ごろ、ロンドンの裁判所で。で……新しい義理のパパには会った？」

「シェルビー、本気でそんな……」

かさこそという音。男の声。

「いや、やめて」

妹がそう言ったとき、回線が切れた。

ひどい吐き気がまたこみ上げ、めまいがした。気が遠くなりそうだ。これはパニックでまちがいない。

ぼくは意識的に呼吸した。論理的になれ。おとなになるんだ。シェルビーはウォッカの件で嘘をついているのかもしれない。本当はあの子のものだったのかも。学校はあの子が思う以上に厳しかったという可能性がある。ホームシックかもしれない。テッドが悪い人とは決まっていない。

息をしろ。

ガレージのほうから、心からおめでとうを言う父の声が聞こえてきた。笑い声も。ガレージの扉がうめくように閉じた。

おとなたちがドアから家の中に入ってきた。笑っている。母が父に腕をからませ、興奮気味にしゃべり、ふたりの後ろからぼくの義理の父がバッグをふたつ運んでくる。

「ジェイミー」

ぼくを見つけると母が駆け寄ってきた。

「また背が伸びたみたいね。こんにちは、かわいい子」

そう言って、ぼくの両肩をつかんできた。母がこんなふうに感情をあらわすところは見たことがない。

「会えてうれしいわ」

「ところでさ……」

ぼくは親愛の情にあふれる声を装った。

「シェルビーはどこ？　あの子も来るんだと思ってた」

「学校が気に入ったようなんだ」

答えたのは父の後ろにいたテッドだ。

「断然気に入ったから、すぐに学校生活を始めたいそうだよ」

彼の声はよく通るテノールで、ウェールズ訛りがあった。

「そうなの」

と母がぼくに視線を戻した。

「断然気に入ったみたいなのよ。ママたちもニュースがあるわ！」

「グレース、そう急かずとも。わたしはまだ息子さんに挨拶していないんだから」

ぼくは「ハイ」と言ってテッドのほうに近づくと、自分から手を差し出した。会話の流れを変えて主導権を握るつもりだった。事態を正確に把握するために。

「ぼくはジェイミー。ようやく会えてうれしいです」

彼は少し顔をしかめながら握手に応じた。テッドは背が高く、広い肩幅を持ち、意外にも禿げていた。そのことは妹から聞いたかもしれない。けれど、彼は眉毛もなく——剃ってしまったかのように見える——その下にある目は小さくて抜け目なさそうだった。だれかに似ている。そう思ったとたん、鼓動が速まった。だれに似ているんだろう？

「やあ、ジェイミー。わたしはテッド・ポルニッツ」

「本当の名前はトレイシーなの」

母は横から言うと、彼に寄り添って笑みを浮かべた。髪をセットし、化粧もし、首には祖母から受け継いだ真珠の長いネックレスをつけている。母はきれいだった。

「トレイシーよ！　キュートな名前だと思わない？　でも、本人はミドルネームのほうが気に入っていて。テオドール。まじめな響き。それで、今夜開こうと思っているの……披露会を！」

「結婚披露会だぞ」

父が有頂天になっているように言った。

「ニューヨークに行ってディナーだ。今夜な」

ぼくはほとんど聞いていなかった。テッドにゆっくりと告げる。

「あなたを見てると、だれかを思い出す」

彼はにっこり笑った。

「よく言われるんだ」

母がいぶかしむように言う。

「ジェイミー？　あなた大丈夫？」

にっこり笑うと、新しい義理の父親はオーガストとそっくりに見えた。

フィリッパにも。そして、ヘイドリアンにも似ている。

ぼくはルシアン・モリアーティに言った。

「本当に、やっとあなたに会えてよかった」

第十八章　シャーロット

宿のアパートに戻ると、わたしは衣服を集め、たたむ手間も惜しんでスーツケースに放りこんでいった。レアンダーが電話でだれかに頼みごとをする声が聞こえる。

「今夜だ……どうしても待てない」

その気になればドアまで行って立ち聞きできたが、今のところ叔父が話している内容は重要ではない。

「われわれは離れた場所から立て直しを図る」

電話を終えたレアンダーが言った。

「彼がアメリカに到着するところを捕獲する時間はない。そして、彼が着いたときに実行しようとしている計画もわかっていない。われわれはこちらに優位な場所を見つけるぞ。さあ、荷造りをしたまえ」

その断念には、ある種ほっとするものがあった。われわれは計画を立て、そのあいだレアンダーはわたしを生かしておいてくれるだろう。具体的な場所の提示はなかったが、叔父の家まで歩く道すがら、われわれが行ける場所をリストアップしてくれるだろう。

わたしの父は四人きょうだいの長男としてサセックスの屋敷を相続した。アラミンタ叔母は隠遁生活を送るコテージと養蜂場を正式に受け継いでいる。ジュリアン叔父はロンドンのアパートを相続し、どうやら一族のほかの者たちと連絡を取る気がないらしい（賢明な判断だ）。レアンダー叔父はあまりにあちこち旅行するので、彼には土地を与えない、と祖父の遺言状に書いてあった。代わりにシャーロック・ホームズの権利関係の投資収益を祖父から贈与された。

エディンバラの小さなアパートでジェームズ・ワトスンと同居していた二十代前半、レアンダーは相続財産を賢く投資に回し、教会暮らしのネズミ並みにつましい生活を送っていた（そのきちんとした身なりにもかかわらず、叔父は常に質素な人物だった）。投資が大きな利益をもたらしたとき、彼は不動産を購入し、その物件を貸し出して収入を得ることで不動産を買い増し、不要なものは売却し、資産構成を整えた。

つまり、われわれが身を隠す場所はいくつか存在するということだ。

「ほとんどはおれの名義で持っている」

叔父が説明した。

「ニューヨークおよびエディンバラにあるアパート。プロヴァンスの家。それらはおれの所有物だ」

「では、そこには行けませんね」

「ああ、行けない。だが、ロンドンは……あそこには別の物件がある。数年前にダミー会社を通じて購入したアパートだ。当時、潜入捜査をおこなっていたので、早変わりをしたり追跡されずに私物を置いておける隠れ家が必要だったんだ。あの物件は売却しないでおいた。いつかまた役に立つときが来るのではないかと思っていたから」

そこで叔父はぞっとするような笑みを浮かべた。

「まさに、今のわれわれのように」

今のわれわれ……。

さようなら、ニューヨーク、と胸のうちで告げながら、わたしはウィッグをもとの木箱につめた。さようなら、コネチカット。さようなら、アメリカ。ふたたびこの地に戻ってくる理由がいつ生じるか、わたしにはわからない。さようなら、錠前破り、バールによるドアのこじ開け。さようなら、情報収集を目的とした無害な女の子への変装。わたしは叔父の捜査を手伝う。手伝うだけで、よけいなまねはしない。

わたしがサセックスの屋敷を出て以来、母が電話してきたことは一度もない。スイスで両親が口論したときのことをあらためて考える。あのとき母は父に対し、五分間にわたってわたしを弁護してくれたが、それ以来、わたしが知るかぎり二度としたことがない。母がわたしに感じている愛情はすべて父に対する不満と強く結びついており、父が不在である今、わたしの存在も消えてしまったかのようだ。

失われたものはとても多い。わたしの両親。オーガスト。終わりのない殺人事件裁判のあいだ沈黙を貫くマイロ。ジェイミー・ワトスンはわたしから少しずつ離れていくだろうと推測していたのに、彼は一気に遠いものになった。まだ出血の止まらない傷口から絆創膏をむしり取るように。

わたしを狩ろうとしている獣の口に自分から飛びこんでいく理由は、荒々しい拒絶なのか、それとも自己破壊衝動なのか。迅速に終止符を打つのではなく、この一年間をルシアン・モリアーティを追跡することに費やしてきたのは、本当はいったいなぜなのか。夜ごと律儀に錠剤の写真を撮影してきた。食事をし、入浴し、移動し、計画を立案し、未来に目を向けているふりをしてきた。そのあいだずっと、わたしは生きているようだった。

だが、自分がルシアン・モリアーティを殺さないだろうと悟った瞬間、わたしは自分の結末を書いてしまったのだ。今ならそれがわかる。世界中に糸を張りめぐらしたクモである彼から逃れる方法はほかに知らない。手に銃を持たずに彼を追跡する行為は、結局はわたしの死によって終わるだろう。

わたしは死にたくない。もはや死にたいとは思っていない。

ウィッグの木箱、錠前破りの道具一式、撮影用機材、黒のドレス、黒の普段着、別の顔をひとつ残らず収納してある鍵つきのメイク道具入れ。それらをすべてスーツケースに入れる。

部屋のタンスの引き出しで見つけたスウェットの上下を身につけた。わたしには大きすぎるサイズだが、とにかく着こみ、代金としてはかなり多めの五十ドルを置いていく。使いきってよい資金が手元に三千ドル分ある。大西洋を渡る航空チケット代と向こうに着いて髪を染める代金には十分すぎる額だ。さらに名前を変える手数料を支払い、姿をくらますことができる。

スーツケースをキッチンに運びながら、タイルに鳴る自分の靴音を満喫した。この靴はスウェットには似合わないが、何週間も足音をたてずに歩いてきたので、自分が動く音を聞く必要があった。

「きみのノートパソコンとバッグの中にあった電話を充電しているよ」

レアンダーはそう言ってパントリーを物色し、見つけ出したドライフードを山にしていた。ピーナッツバターが驚くほど大量にあった。

「この部屋の主はだれだ？　もちろん代価を支払うが、フライトの前に身を隠す必要に迫られた場合に備えて食糧を確保しておきたい。今夜遅くに発つのが理想的だが、万が一好機を逃してしまったら、三、四週間後まで再試行は危険だと思う」

「今夜遅く？」

わたしは問い返した。まだようやく午後四時になるところだ。

「今からまっすぐ空港に向かえば、ロンドン行きの夜行便に間に合います」

レアンダーはわたしに背を向け、調理台の上に両手を置いた。

「国を出る前にジェームズ・ワトスンにさよならを言いに行くつもりだ。きみもいっしょにおいで」

「なんですって？」

「後生だから、シャーロット、この件でおれと議論するのは……」

「いいえ。わたしは断固として拒否します。彼は自分の命を守るためなら、秘密をしゃべります。わたしにとって彼と会うのは最も不要なことです。ましてや彼の息子が……息子が……わたしには無理です」

叔父は頭を下げた。

「どうか聞き入れてくれ。おれの最後の頼みだ」

「最後の……？」

「そうじゃない。あの男がこの街に放たれた状態で、きみをこの部屋にひとり残していくつもりはない」

わたしは唇を噛んだ。

「すみません」

「いいんだ」

レアンダーが息を吐き出した。

「叔父さまにとって、それが重要なことなのであれば……」

「きみは着替えたほうがいいだろう。ジェームズは結婚披露会だと言っていたから」

わたしは重い足取りで寝室に戻った。サセックスの屋敷では、われわれ家族は夕食のたびに正装していた。だが、あれはわたしが一度も真剣に受け止めたことのない訓練だった。自分になりすますという意味では、ひとつの変装なのだ。母が買ってくれたエレガントで高価なロングスカートの数々と、その黒い色合いにマッチした濃い色の口紅。そうやって着飾ると、わたしは実際よりも数歳は年上に見える。

ここにはファッション・ビデオブロガーのローズの衣装しか持ち合わせがなく、今は彼女の格好をする気はない。

グリーン警部の妹のクローゼットを開け、わたしに似合うものが何かないか、さほど期待もせずに物色してみる。カーディガン。袖口にボタンのついたハイネックブラウス。そして、ずらりと並んだカクテルドレス。その中の二着がわたしのサイズで、ひとつは真紅のドレスだった。手早く服を脱いでそれに着替えると、姿見の前に立った。

ワトスンは以前、わたしのことをナイフにたとえて描写した。わたしに〝曲線〟がないのは事実だ。幾何学的に言えば、わたしは直線と言える。このドレスはわたしのボディの実態を変えることはないが、そうしてほしいわけではない。クローゼットから靴を一足取り出し、扉のフックから銀色のイブニングバッグを手に取った。バッグに必要なものをつめこむ。可能であれば、スーツケースを取りに戻ってくる。可能でなければ、これだけのもので間に合わせる。

「シャーロット」

レアンダーが首を絞められたような声で言った。

見ると、彼は身体をふたつ折りにするほど前かがみになり、調理台に置かれた携帯電話に見入っていた。

「何かありました？」

わたしはあえぐようにきいたが、次の瞬間、叔父の本当の様子を見た。

「いいえ、叔父さまは……笑っているのですね。なぜわたしの古い携帯電話を見ているんです?」

叔父は新しい電話と古い電話の両方を充電していた。シェリングフォード高校で使用していた電話は、GPSで位置が特定されないよう電源を切ってバッグの底にしまっておいた。予備を持つことはどんな場合でも得策だ。

そう、だいたい、どんな場合でも。

「表示によると、きみはこの十一ヵ月間、一度もこの電話の電源を入れていない」

叔父はそう言って目から涙をぬぐった。

「なんと十一ヵ月だよ！　そのあいだにきみに送られてきたメールはゼロ。今日まで一通もない。正確に言うと、ちょうど今メールが届いた瞬間までだがね」

わたしは叔父の手から携帯電話を引ったくった。

新着メールが四通あった。

〈ホームズ〉

〈ホームズ〉

〈シャーロット〉

〈きみはどこ?〉

第十九章　ジェイミー

一年前　サセックス丘陵《ダウンズ》

シャーロット・ホームズは両手で顔をおおった。彼女は泣いている。

「マイロ……マイロ、ちがう、ちがうんだ」

どこか遠くで車のエンジンが始動した。だれかが、自分にさわるな、というようなことを二度叫んだ。そして、砂利を踏むタイヤの音。ぼくが振り向いたとき、人影が見えた。男がひとり、ホームズ家の暗い敷地の前に立っている。家から閉め出された家族か、あるいは一夜のねぐらを探している放浪者のようだった。

ホームズの母親の姿はもうなかった。

ヘイドリアンとフィリッパ――彼らはどこにいるんだろう。

「わたしは……」

マイロは身を震わせ、胸の前に銃を突き出した。

「オーガストは……そしてヘイドリアンは……ああ、ロッティ、わたしにはもう無理だ。ルシアンが消えてしまった。姿をくらましたのだ。映像もないし、情報もないし、ほかに何も……もはやこれを続けることができない。どうすればわたしは……どうすればやり遂げられる？」

世界で最も力を持つ男が、ぼくたちにそんな質問をするなんて。

ホームズは兄の手からライフルをもぎ取った。手元も見ずに弾薬をすべて取り出し、足元にばらまく。

「レアンダーは抜けた。オーガストは死んでしまった。兄さんもこれまでか？　この混乱を収拾させるために、わたしたちふたりをここに残すのか？」

「この混乱はおまえのものだ。おまえが収拾すべきではないのか？」

ぼくはふたりの会話をぼんやりと聞いていた。遠くで海がさらに激しく吠えている。寒さがぼくの手を刺してくる。翼を広げたワシのように倒れているオーガスト・モリアーティ。これは夢なんかじゃない。彼のコートの輪郭が雪の上にくっきりと見える。ぼくはふたりに目を向けられなかった。ふたりのどちらにも。どちらのホームズにも。反対方向をにらみつけ、たがいを批判し、銃を撃ち合う、同じ一体の恐ろしい神が持つふたつの顔。屋敷の正面にいた人影――彼は姿を消していた。今や敷地にはだれもおらず、海の音が耳をつんざくばかりだ。

いや、それは海の音じゃなかった。サイレンだ。耳ざわりなほどたくさんのサイレン。赤と青の警告灯が私道に押し寄せてきたときには、シャーロット・ホームズとぼくだけになっていた。

たったふたりきりに。

マイロは姿を消してしまった。ついさっきまでいたと思ったら、次の瞬間にはもう足跡すら残っていない。その場から自分を消しゴムで消したみたいに。ぼくは足跡を、彼がいた証拠を探した。見つかったのはシカやキツネの足跡、ウサギがすべった溝、犬の泥だらけになった前足の痕跡。冬であっても、この裏庭には生命の息吹がある。

「ワトスン」

ホームズがぼくに注意をうながした。

家の近くでぐずぐずしている男がぼくたちをじっと見ている。片手を持ち上げると、生徒に発言を求める教師みたいに指を突きつけてきた。それから、着ているコートをきつく身体に巻きつけると、ぼくたちに背を向けて家のほうに歩いていった。

「ワトスン。ジェイミー。わたしを見ろ」

ぼくは目をぐるりとねじるように視線をホームズに向けた。水中でだれかに押さえつけられているみたいに身体の動きが鈍く、重く感じられる。上昇と下降を繰り返すサイレンの音が潮流となってぼくたちを打ちすえる。救急車だ。だれかが呼んだにちがいない。銃声が聞こえて通報できるほど近くに家があっただろうか。

ホームズに尋ねようとした。ところが、彼女はぼくのことを切除すべき癌細胞でも見るような目つきで見ていた。

「次はどうする？」

ぼくは半分笑いながらきいた。

「どんな計画？」

ホームズの目にはいつも感情がないけれど、今は冷ややかだった。

「きみは警察に逮捕されてくれ」

そう言って、救急車の後部から飛び降りた救急隊員を振り返る。

「きみに自白してもらう必要があるんだ」

これが別の日で別の状況だったら、ぼくは同意したかもしれない。彼女にしたがってどこでも飛びこんでいったかもしれない。たぶん彼女との結びつきを絶対に失いたくないから。それは妄想かもしれない。妄想の感染だ。この三ヵ月、ぼくは安全ネットの有無など気にせずに橋から身を投げて死にたいという願望を持っていたのかもしれない。

でも、今回はそうじゃない。

「つまり、そのためにぼくはここにいるんだね。逮捕されるために」

「ワトスン……」

「ぼくがきみに同行する裏に、そんな大きな理由があったとは。ぼくは身代わり。きみが罪を着せるカモ。今日まで何週間もあった。説明する機会が何週間もあったんだぞ、ホームズ！　もしもきみがひと言でも言ってくれてたら。とにかく、何かひとつでも教えてくれてれば、ぼくはきみの考えを変えさせることができたのに！　なのに、きみはぼくをこの場所に巧みに誘導して、それもただぼくに……」

ホームズが急にぼくを振り向いた。

「これは愛なんだ」

彼女は怒鳴るように言った。瞳孔が開き、その目には危険な輝きがあった。

「愛の姿をしたものだ」

「だったら、きみは今までだれにも愛されたことがない。ぼくを含めてね」

ぼくは救急隊員たちを見た。彼らの注意を引くつもりだ。そのすぐ背後に警察車両が停まり、警官たちがなだれを打って出てきた。刑事がひとり。彼女の私服姿とサングラスと手にした無線機から見て、刑事であるのはまちがいない。

「おーい！」

ぼくは大声を上げた。

「おーい、助けがほしい！」

「ワトスン」

ホームズが腕をつかんできた。

「いったいなんのつもりだ？」

「事実を話すんだよ」

彼女はそれに対する返事を持ち合わせていなかった。

ぼくはホームズを振り払い、近づいてくる警官たちに駆け寄った。

「ここに男がいました……背が高くて、眼鏡をかけて、スコープつきのライフルを持ってたんです。そいつがぼくたちの友人を撃ちました。きっとまだどこかそのあたりにいると思います」

警官たちの視線がぼくを越え、オーガストの冷たくなりつつある遺体に向いた。

「どこだ？　その男はどっちに逃げた？」

ぼくはしかたなく雑木林のほうを指さした。そこが男の隠れていた場所で、警官たちが
ぼくの見逃した何か、犯人の足取りを示す何かを見つけることを願った。ひとりが駆け出

し、残りがそれに続いた。

走っていく彼らを、ホームズがぎらついた目で見た。

「待って。待ってください。やったのはわたしです」

静かな口調だった。あまりに静かで、最後尾の警官だけが足を止めて振り返った。

「わたしがやりました。犯人はわたしです」

「お嬢さん」

その警官はどこか懇願するように言った。

「それが真実でないことはわかっていますよ」

ホームズがゆっくりと進み出た。

「わたしはあのニレの木の最上部から338弾の狙撃用ライフルを使用しました。ずっと前からイーストボーンの射撃場で訓練を積んでいます。そこに行って写真を見せれば、わたしだと特定できるでしょう。この二年間は行っていませんが……」

警官はとっさに一歩後ろに離れ、無線機に告げた。

「応援を。応援を頼む」

「……でも、これをずっと計画していました。なぜなら、あそこにいる男……」

彼女はオーガストの遺体を指さした。

「彼がわたしの心をひどく傷つけたのです。わたしに嘘をついたのです。ほかの女にプロポーズしたのです。彼はわたしのものだというのに、ブライオニー・ダウンズと婚約したのです。彼が行ってしまうのを見るとしたら、わたしは絶対に耐えられない。行ってしまうのを見た……過去形ですね。彼とのことはもう過去形なのです」

警官が両手をあげ、うなずいてみせた。まるでサーカスのリング内でトラを相手にする仕草だ。

「そして、こっちは」

ホームズがぞんざいな手ぶりでぼくを示した。

「泣いているこの哀れな男の子は、この混乱からわたしを救い出したら、わたしが自分のものになると思っている。あたかも勝ち取るべき獲物みたいに。よく見なさい。わたしをよく見なさい。今のあなたにとって、これにどれだけの価値がある？」

ロングコートの女性が雪の中に道を見つけながら近づいてきた。

「グリーン警部」

警官は自分の肩の荷が下りてうれしいといった顔をした。

「自供を得ました。警告はしておりません。興奮にまかせた供述で……」

警部の鋭い視線がホームズからぼくに移り、ふたたびホームズに戻った。

「どっちの子？」

「彼女です」

警部が見せた失望は、ぼくの思いすごしだろうか。

「わかったわ。彼女に手錠をかけて。権利の警告を与え、それから再度尋問する。あなたもよ、坊や、いっしょに来なさい」

警官が用心深くホームズの腕を取った。こんな状況下で、しかも血の混じった唾を顔に吐きかけられそうになったにもかかわらず、警官は糸ガラスでも扱うようにホームズに触れている。警官が手錠をかけ、警部が彼女の肩に手を回し、三人で警察車両に歩いていった。

ぼくはそのあとについていくことにした。いつの間にか救急隊員たちがオーガストの遺体を回収していた。彼らがストレッチャーを持ち上げて救急車の背面ドアから入れるのを遠くからながめる。これから彼は死体安置所に運ばれるのだろう。服を切り裂かれ、まるでモノのように安置台に置かれる。まるで人形のように。警察は身元確認のためにだれを呼ぶつもりだろうか。やってきて彼の名前を告げる役目はだれに委ねられるのだろう。

救急車の向こうでは、警官がホームズを車に乗りこませている。敬意を払うかのようにけっして急かさない。ホームズは以前、ロンドンでスコットランド・ヤードといっしょに捜査をした。なんとかという名前の刑事を助け、ジェームスン・ダイヤモンド事件を解決したのだ。ぼくは事件のことを遠く離れたアメリカで耳にした。けれど、ここはロンドンからもアメリカからも離れており、警官たちが知っているのはホームズの姓だけで、それを持つ女の子のことは知らない。

両膝が濡れているのを感じて初めて、自分が雪の上にひざまずいていることに気がついた。歩けそうになかった。時間がゆっくりとすぎていく。あたりを警官たちが動き回り、テープを張り、現場の写真を撮るために車からカメラと三脚を運び出している。

もうどうでもいい。ぼくはただここにとどまる。何も考えなくてすむこの場所に。

だれかが肩に手を置いてきた。

「わたしと来なさい、坊や」

ぼくはうなずき、立ち上がってその男のあとについていった。家のまわりを歩いて連れていかれた先は地下室へのドアだった。ドアは開いており、藁におおわれた汚い床が見下ろせた。

「下りるんだ」

ぼくは男を振り返った。シャーロットの父親。アリステアだった。

「どうして？」

と、ぼくはきいた。

「警察がきみにここで待つようにと言っているのだよ。さあ、おいで」

彼の態度はやさしかった。階段を下りるときに手を貸してくれた。階段を下りきると、椅子を持ち出してきて――背もたれが高く、彫刻がほどこされているところを見ると、食堂のテーブルにあった椅子らしい――そこにぼくをすわらせ、ロープを取り出した。

彼がロープで何をしたのか、ぼくは覚えていない。覚えているのは、そのあとぼくの身体にロープがヘビのように巻きついていたことだけだ。

アリステアは両手の指先を合わせて山を作り、それを顎の下に当てると、ぼくを見た。

「このようなまねをせねばならないのをすまなく思う」

彼の顔からはあるべき何かが失われているようだった。

「本来であれば、ここにきみとともにわが娘がいるのが望ましい。娘が隣にいれば、少しはきみの慰めになるだろうからね。娘のための椅子を用意してほしいかね？　言わばシンボルとしてだが」

「いいえ」

何か変だという漠然とした感覚がある。少し身をよじってみたけれど、ロープはびくともしない。

「おやおや、どうやらきみはショック状態から抜け出しつつあるようだ。となると、より手間がかかることになる」

彼の背後の壁には武器がいくつも吊り下がっている。フェンシングのフルーレが一対。刃を落としてあるナイフが数本。ここは訓練場だ。アリステアの顔に視線を戻してみると、その目は血走り、地下貯蔵室から這い出るときにぼくが蹴ってできた傷からはまだ出血している。ぼくは無性に彼に詫びたくなった。

常軌を逸するほど無性に。そうなるのも当然ではないか。ついさっき友人が殺されたばかりの家の地下室で椅子に縛りつけられているのだから。

「ぼくを自由にしてくれますか？」

用心深く探りを入れてみた。

「きみには説得力のある理由が何かあるかね？　わたしは常々わが子たちに説得力のある理由を求めてきた。なぜわたしがきみをここに連れてきたと思う？　聖書。イサクとアブラハム。まずはそこから考えてみたまえ」

「じゃあ、これはどうです？　あなたは正真正銘のくそ野郎だ」

アリステアはすでにガソリンの容器を持ち上げていた。それを見たとたん、ぼくは死にもの狂いでもがき始めた。

「助けて！」

ぼくは叫んだ。

「だれか助けて！　ぼくは地下室にいる！」

「確かにこれはわたしの当初の計画とは異なっているが、唯一残された論理的な選択肢なのだ。われわれの……われわれの経済状態について、ルシアンが秘密を暴露せずにおく理由はもはやなくなった」

「経済状態？」

両脚にガソリンをかけられながら、ぼくは息も荒く言った。ガソリンの感触はなかった。とっくに雪で濡れているから。

「いったいなんの話です？」

彼は自分の両脚にもガソリンをかけた。

「わたしがロシアから大金を受け取っていたという話だ。ＭＩ５の同僚たちを特定の時間に特定の場所に行くよう説得し、その情報を漏洩し、狙い撃ちされるよう仕向ける。小さな小屋で待つニワトリのようにな。そのような歌があったと思うが」

――実はわたしはいくつかの国際紛争の計画立案者だった。

アリステアはぼくと会った日にそう言ってなかったっけ？

「あなたは国防省に勤務していたと思ってましたけど」

「MODか。最初はそうだ。ホワイトホールでもしばらく仕事をした。内務省。MI5。わたしは戻った。娘があのような知識と技能をいったいどこで習得したと思う？　明らかにあの子は自分の能力をわかっていなかったのだよ。だが、これまでだ。タイにいたルシアン・モリアーティがどのように監視の目を逃れたかわかるかね？」

ぼくは何も言わなかった。

「想像もつかないか？　哀れなものだ。きみはわが国が裏切り者にどのように対処するか知っているかね？　ルシアン・モリアーティは知っていた。そして、わたしの行動を制御できないと知ったとき、わが娘の行動を制御できなかったとき、彼は遠回しな言いかたをやめたのだ。わたしは自分のために彼に恩を売ることにした。わたし自身が現地へ飛び、マイロと話し、飲みものを飲み、息子が眠るのを待ってから、息子の会社内にいるわたしに忠誠を誓う者たちに指示を下す」

「あなたのスパイがいるんですか？　グレーストーン社に？」

「当然だ」

アリステアはいらだたしげに言った。

「そうしないでどうする？　むろん、そうやってあの男に手を貸すことには、痛みを覚える。あの男は鈍器に等しい。わが娘も同様だ。あの子はろくな終わりかたを迎えないと、わたしは常々思っていたが、ルシアンの手によって……。まあ、今さら言ってもしかたがあるまい。ルシアンはくびきを逃れ、わたしとのあいだにどのような約束があろうが、とにかく情報をもらすのはまちがいない。あのような男がどんな義理を感じるだろう？　皆無さ。何もかも白日の下にさらされるだろう。わたしに残された唯一の頼みは証拠を消し去ることだ。その証拠とは、このわたし自身。同様にきみも証拠だ。あとは当然ながらレアンダーとわたしの妻だが、あのふたりにはもはや手が届かない。これがわたしに尽くせる最善の策なのだよ。保険によって息子には多額の貯蓄が残ることになる。身を落ち着ける気があの子にあれば、だが」

彼がポケットからライターを取り出した。金属の表面がメッキされた高価な小型ライターが出てくると思ったのに、スタンドで買うようなプラスティック製だった。

「やめろ、やめてくれ、絶対によせ……」

「もしくは新たな戦争を買うこともできる」

アリステアはそう言って手の中の小さな炎に目をすがめた。

「マイロはまぎれもなく、かつてわたしが夢見た以上の影響力を持って……」

ぼくは両脚で床を蹴り、椅子を勢いよく後ろにさげた。途切れることなく言葉にならない叫び声を上げていた。

そのとき、階段の上から何か聞こえた。ノックするようなうつろな物音。信じられないことに、通路の角からあらわれたのはヘイドリアン・モリアーティだった。ヘイドリアンがうなり声を発して両手を動かした次の瞬間、アリステア・ホームズは床に伸びていた。

ヘイドリアンはかがんでライターを拾い上げるとポケットにしまった。

「やあ」

ぼくはばかみたいに挨拶した。

彼は頭をくいっと動かす仕草を返してきた。

「てっきりあんたは……逃げたかと」

「逃げたさ。屋敷のそばの生け垣の背後に。急いで逃げる前にできるだけ長く近くにとどまることが最良の方法だから」

ぼくは「なるほど」としか返せなかった。

「そこでガソリンのにおいがした」

彼は説明のつもりでそう言うと、ポケットからボウイ・ナイフを取り出した。

ぼくは息をのみ、思いきり身体をねじってヘイドリアンから遠ざかろうとした。

彼はあきれたように天井を仰いだ。

「よせ、坊主。動くな」

彼はナイフをノコギリのように使ってロープを切った。

「次にこういう目にあうときは、全身を思いきり揺すれ。ダンスするみたいにだぞ。そうすれば、相手は手を縛ることさえできない」

「次だね。わかったよ」

「よし」

彼はロープをコンクリートの床に投げ落とした。

「立て。そして、失せろ」

足元のアリステア・ホームズはすでに意識を取り戻しかけている。

ぼくは腕をこすり、どうにか感覚を取り戻そうとした。

「どうしてぼくを助けてくれたの？」

ヘイドリアンはアリステアを見下ろした。

「こいつは刑務所で朽ち果てるのがふさわしい。自分の死を選ばせてたまるか。たとえこの家の所有者だとしても、こいつにはおれが隠れている場所を焼かせやしない」

彼は床に唾を吐いた。

「おまえについてだが……」

ぼくは彼がこう言ってくれるのを待った。

——おまえはただの愚かな子どもだ。おまえは騙されていた。利用されたんだ。とうていおまえの手には負えない。ママのところに帰れ。

英国に戻ってきてから、ぼくの頭の中にはその言葉がずっと流れていた。

「おまえはまだことがすんでいない」

そう言って彼はナイフを投げて寄こした。

「さあ、ここから出ていけ」

あとになってグリーン警部から聞いた話によると、ぼくはガソリンまみれの状態でナイフを両手で握りしめ、放心したように屋敷の外をうろついているところを彼女に発見された。そのとき彼女に、知らないだれかにやられた、と告げたらしい。なぜ嘘をついたのか、自分でもわからない。たぶんその一日が、その一週間が、裁判の日まで果てしなく続いて言い争うこと——この戦争でさらなる戦闘が起きること——を思うと耐えられなかったのだろう。

真実をねじ曲げて穴をあけ、そこから逃げられるだけの大きさにしようとしたのかもしれない。

警察からは、ぼくを縛った男の容貌を説明するよう求められた。ぼくは、説明できない、と答えた。大したことじゃない、とも。

どうして警察がそんな話をすんなり信じたのか、今でも不思議だ。きっと、ぼくの自作自演だと考えたのだろう。

ぼくは病院に入れられ、一泊させられた。ショック症状というアリステアの診断は正しかった。母が来てくれてベッド脇の固いプラスティックの椅子で眠り、あくる日にもう一度事情聴取を受けたあと、父がやってきた。その日に退院し、ぼくはロンドンで両親に世話をしてもらうことになった。

夢に何度となくロープと椅子とガソリンが出てきたけれど、ぼくの頭を絶えず悩ませたのはそれらではなかった。アリステアでも、ヘイドリアンの良心の呵責でもない。それは、ホームズとぼくにふたりきりの時間があったことだ。警察がぼくたちのもとにやってくるまでの三分間。彼女がぼくを振り向き、こう言うのに十分な時間。

――これがきみのすべきこと、そして、それをすべき理由だ。

いや、ちがう。一番頭を悩まされているのは、もしもあの裏庭でぼくがオーガストの殺害を自白したとしても、ホームズがぼくの潔白を証明する方法を見つけるとわかっていたことだ。だけど、彼女は過ちを犯した兄を無罪放免にした。ブライオニー・ダウンズを神のみぞ知る運命に引き渡した。ヘイドリアンとフィリッパの扱いを独断で決めた。そして今度は自分がやってもいない犯罪を自白して警察に連行され、おそらく無傷で罪を逃れ、オーガストの死に関してだれも刑に服さないだろう。

それを決めるのは彼女の役目ではない。同じく、ぼくの役目でもない。シャーロット・ホームズは前に、自分はよい人間ではない、とぼくに言ったことがある。あの日、ぼくはそのことを信じ始めていた。

第二十章　シャーロット

〈きみは出席するのか？　今夜のパーティに？〉

わたしはひとつ息をしてから送信した。

一分が経過し、返信が来た。

〈うん〉

ワトスン……。頭の中で何かがざわめいている。彼がそこに存在する。わたしに話しかけている。今も文字を打っている……。

〈彼がぼくを見張ってる。行かないと〉

わたしは続報を送るよう四回求めた。一通も返ってこなかった。ためらいつつも携帯電話の電源をふたたび切った。

ワトスン。そして、ルシアン・モリアーティ。頭にざわめいている音を聞こえなくなるまで絞る。

「靴を履きたまえ」

レアンダーが言っている。

「きみたちふたりがふたたび仲直りする準備ができているといいんだが」

「叔父さま」

「ジャケットをどこへ置いたかな?」

「叔父さま。パーティにルシアンがいると思います」

「怖じ気づいたのか?」

わたしは今にも子どものように足を踏み鳴らしそうだった。

「真剣な話です」

レアンダーはため息をつき、バッグにドライフードをつめる作業に戻った。

「これまできみが使うのを聞いた口実の中でも最低のものだと思う。そんなことにかかわっている暇はない」

「叔父さま、わたしを見てください」

彼は渋々といった様子で視線を向けてきた。

「ワトスンはだれかに見張られていると言っています。だれかとは男で、ほどなくメールの返信が途絶えました。万が一わたしが正しくて、まさにそれがワトスンの意味していることだとしたら、われわれはどうしますか?」

叔父はダッフルバッグを横にどかし、調理台に放置してあったショットガンをつかみ上げた。

「わからない」

叔父は言った。

「何か考えはあるかい？」

第二十一章　ジェイミー

父とふたりきりになるチャンスがない。

ぼくたちはニューヨークのソーホーにある高級レストランにいる。母が前の週に探して予約した店だ。そこに全員がそろっている。ぼくの父、母、ルシアン・モリアーティ。なんとも幸せな集団。アビゲイルもいっしょに車に乗ってきた。ぼくが家に着いたとき、彼女は二階にいて客用の寝室を整えている最中だった。マルコムとロビーはすでにおばあちゃんの家に預けられていた。

それがせめてもの救いだ。今夜、何が起きるかわからないけれど、そのまっただ中に幼いふたりがいるべきじゃない。

ルシアン――〝テッド〟――は、何度もウェイターを呼んではワインやカクテルやロブスターやフィレミニヨンを追加させた。注文のしかたはいつも密やかで目立たない。毎回料理が彼の前に届くので、まるで彼が王様みたいだった。すると彼は少しばつが悪そうに全員にほほ笑んで尋ねる。

「だれかこれを試してみるかな？　とてもうまいと聞いてる」

ぼくたちが案内されたのは小ぶりな個室の丸テーブル席で、たがいの声がよく聞こえたけれど、会話はルシアンの独壇場だった。

父のコートを褒め、買った店の名前を聞いてメモする。アビゲイルにはマルコムとロビーのことで質問の雨を降らせる。学校が好きか、先生はどうか、どんないたずらをするようになったか。それから母をつかまえ、子どものころのぼくがふたりの弟たちに似ていたかどうか尋ねる。母とアビゲイルが堅苦しさも不快感も敵意もなしに会話するところを、ぼくは初めて見た。

「ジェイミーもトイレのしつけにはとても時間がかかったのよ」

母が言うと、ルシアンが母の手を取り、その指にある銀の結婚指輪を親指でさすった。

彼は心底恐ろしい。残忍さをおもてに出さないところが、いっそう恐ろしい。残忍さを見せても、それは恐ろしさの追認にすぎないだろう。そのときにぼくはようやく確信を得て、自分がすべきことには正当性があると感じるだろう。

今のところ、ぼくに考えられるのはひとつだけ。それは、自分が正気を失いそうだ、ということ。

ぼくは自分に対しておこなわれた数々の不正行為を調査してきた。自分があたかも……

バットマンか何かであるみたいに。だけど、ぼくは何度もパニック発作を起こしてきた。エリザベスにひどい言葉を投げつけてきた。友人たちに隠しごとをしてきた。ぼくに陰謀を企てたからと言って人を責めてきた。

まるで、ぼくが重要人物だから人はぼくの人生をわざわざめちゃくちゃにするのだと言わんばかりに。

彼らがぼくに大がかりな計画を実行していて、そのハイライトがノートパソコンに炭酸飲料をまき散らすことだと言わんばかりに。

だけど、実際は……ぼくが自分でそうしていたとしたら？　物理学の発表原稿を自分のミスで削除していたとしたら？　そんな原稿は最初から書いていなかったとしたら？　ぼくは睡眠不足で、神経が張りつめ続け、一年前のことを考えるたびに嘔吐している。何もかもが自分がやったことで、それがパニック症状に見合うよう状況を頭の中で作り上げていたのかもしれない。もしも幻覚を見ていたとしたら？　意識を失ったとしたら？　妹はとてもすばらしい学校にいるのに、そこが嫌いだから兄に家に連れ帰ってもらいたいだけだとしたら？

ぼくは妄想症《パラノイア》だ。シャーロット・ホームズと出会って以来、ずっとそうだった。とはいえ……ルシアン・モリアーティがわざわざ時間を割いて母と結婚する理由はなんだろう？

ぼくは母の再婚を自分に対する個人的な侮辱だと考えずにはいられず、それで新しい夫をブギーマンだと決めつけたのか？

それは突飛な話じゃない。父の再婚のときも、ぼくはそう考えたのだから。

ああ、まさか。

もしも母が、母のことを幸せにしたいと考えている実にすてきな男性を見つけただけだとしたら？

ぼくは食事のあいだずっと彼を観察していた。さりげなさのかけらもなく。最初に席に着いたとき、テーブルの下でホームズに携帯メールを打っていたら、テッドことルシアンがぼくの肩に手を置いて言った。

「こんなことを言うのはなんだが、けっしてきみに命令しようというんじゃない。ただ、できれば携帯電話はテーブルの中央に置いてくれないかな」

確信。ぼくは自分が正気を失ったわけではないことを確信した。彼はぼくが助けを求めているのを知っており、ぼくの手から命綱を取り上げようと……。

祈るような気持ちで父のほうを見た。父は携帯電話をマナーモードに切り替えていた。アビゲイルも同じようにした。

「わたしたちがすてきな時間をすごすときのゲームよ」

母が説明する。

「お友だちと外で会うときとかね。今という時間に集中できるでしょ？　全員が携帯電話をテーブルの真ん中に積み重ねて、最初に我慢できなくなって手を伸ばした人がディナーをおごらないといけないの」

ルシアンと母が秘密めいた笑みを交わした。

「もちろん、あなたたちのだれかに勘定書を押しつける気はないんだ。ただ、ここにいるみんながおたがいをもっとよく知ってほしいと思っているから」

そう言ってルシアンがぼくの電話を山の一番上に重ねるのを、ぼくはじっと見つめた。

母がうれしそうに言った。

「ほら、さっきよりすてきだと思わない？」

ぼくはルシアンの隣の席だった。この男は複数の殺人を画策し、政治家たちに嘘をつき、ぼくを恐喝し、騙し、致死性のウィルスに感染させ、そのあと手の届かないところで解毒剤を見せびらかしたのだ。ぼくは彼のグラスにワインを注ぎ足した。彼がシェルビーと同じように辺ぴな場所にある学校に通ったという話を父と母に詳しく聞かせているとき、ちゃんと耳を傾けた。

「わたしは昔から馬が好きだったから、あの子が同じ気持ちを持っていると知って、本当にうれしかったんだ」

母が彼の手をぎゅっと握った。

「わたしたちといっしょに新しい学校に着いたとき、シェルビーはあそこをひと目で気に入ったわ。書類などの手続きはもうすませてあった。とても美しいキャンパスなの！　建物もすばらしくて、立派な医療設備も整っている。きっと落馬事故に対応するためでしょうね」

「ところがあの子は、わたしたちが離れて何時間もたってから電話してきているんだ。すぐに戻って連れ帰ってほしいと」

それを聞いて父がかぶりを振った。

「ホームシックだな、まさしく本物の」

「じきに慣れるでしょう」と母。

ぼくは奥歯をきつく噛みしめた。

ウェイターたちがシュリンプ&ステーキを運んできたとき、母が自分たちのなれそめを披露した。ふたりは食料品店の前で誤ってぶつかり、母が落とした果物と野菜を拾うのを彼が手伝ったそうだ。

「映画みたいでしょ！」

さらに交際期間の急接近ぶりにも言及した。

「テッドはいつも仕事の出張で飛び回っているの。彼が出かけるたびに、わたしは彼への思いがつのるのを感じたわ」

ルシアンがさっと母の手を取り、手のひらにキスした。テーブルの下でぼくの手はこわばって動かなくなった。

「わたしは最初の妻を亡くしている」

彼が静かに語った。その言葉はほかのだれよりも母に向けられていた。

「進行の遅い、苦痛に満ちた病で、わたしは妻のベッド脇で長い時間をすごしながら、あれこれ考えた。もうこれ以上、無為な時間を送りたくないんだ。だから、グレースと出会ったときに決めた……人生はあまりに短く、危険を恐れてはいけないと」

母は固く握り合った手を唇に持っていった。

「あなたからいろいろ聞かせてもらった話から、ベティがどれほどすばらしい女性だったかわかるわ」

テーブルの向かい側で、アビゲイルはすでに目に涙をいっぱいためている。父はテッドがちょっとした予言者であるかのように何度もうなずきながら、ステーキを念入りに切っている。

ぼくにはそれがショックで、理解できなかった。父はいったいどこまでわかっているのだろうか。どこまで把握しているのだろうか。父が努めて礼儀正しい態度をとっているのは、前の妻が新しい結婚相手を見つけたのを祝福しているからなのか、それとも、目の前にすわっている男がルシアン・モリアーティだと知った上で行動を起こすタイミングを見計らっているからなのか。

ぼくはテーブルの向こうにいる父の視線をどうにかとらえようと試みたけれど、父はずっと皿に目を落としたまま肉を切り続けている。

そして、母のほうは——母は髪をきれいにカールし、爪を鮮やかな色に塗り、指に上品な指輪をはめてとても幸せそうだ。ルシアン・モリアーティならとことんやって、ただ見せびらかすために巨大なダイヤをつけてもおかしくない。ところが、ちがう。母の指には繊細な作りの指輪があるだけで、ルシアンの視線はその指輪と母の顔のあいだを往復し、そのまなざしにはどう見ても愛情がある。

ぼくは本格的に頭がおかしくなりつつある。

「まだほかに何か頼みたい人は？」

母が笑みを浮かべながらきき、だれもが首を横に振った。

「メニューの全品を食べた気がする」

そう言ってアビゲイルが笑った。

「本当においしかったわ！　ごちそうさま」

ウェイターが個室の入口にあらわれたとき、ルシアンが言った。

「では、デザートの時間かな？」

彼が手ぶりで合図すると、ウェイターがうなずいた。

「テッド」

父が口を開いたのは、この三十分で初めてだった。口調がとてもぶっきらぼうで、あの声は相手が幼児か犯罪者か義理の両親のときにしか使わない。たとえテッドの正体に気づいていないとしても、父が彼を気に入っていないのは明らかだ。ありがたいことに、みんながみんなルシアンにたぶらかされるわけじゃない。

「あんたとおれで、この店のよさげなバーに抜け出さないか？　一杯おごらせてくれ」

「ああ、ぜひともそうしたいが……」

テッドはそう言って母を見た。

「でも、グレースをひとりにしておくのは……」

「いいのよ」

すぐに母がそう言い、前の夫にほほ笑んでみせた。

「行ってきて。あなたたちふたりがもっとよく知り合うのは大歓迎よ」

ようやくだ。チャンスがめぐってきた。

ルシアンがひと呼吸おいた。

妻の前夫と一対一で飲む前に短い間が必要なのは自然なことだ。だけど、この短い間の意味はちがう。ぼくはホームズに教わった多くのことがらのうち、ごく一部しか習得していないけれど、人の心を読むことに関しては上達している。

彼はためらいを見せていない。臆した様子もない。彼が見せたのは、ほんの一瞬だったものの、激しい憤怒だった。

ルシアンの反応を見ながら、ぼくは仕事中のホームズを見ているような不思議な感覚にとらわれた。頭の中で歯車が高速回転しているのに、外見には不自然なところがひとつもない。とはいえ、彼が新しい妻を不快にさせずにこの状況を切り抜ける方法を見いだせないのはまちがいなく、母の寛容さがなければ、彼はここでは無力だ。

そう、これほど無力はルシアン・モリアーティはないだろう。

「もちろんだ」

ルシアンはそう言って椅子を引いた。

「もちろんだとも、ジェームズ」

「ちょっと電話して、子どもたちの様子を確かめてくるわ」

アビゲイルがテーブルの中央にある携帯電話の山から自分のを取った。個室から出ていくときにぼくをちらっと見た視線からすると、母とぼくがふたりきりの時間を持てるよう気をきかせたのだ。

母は皿に残ったロブスターの尾をフォークでもてあそんでいる。

「あなたはあまりしゃべらなかったわね」

「まあね。ちょっとショックだったんだ」

母がぼくを見た。

「わたしは幸せよ。わたしだって幸せになってもいいと思うの」

母がぼくに何を期待しているのか、ぼくにはわかっている。ぼくはその言葉を口にし、母をハグし、テッドについてもっと聞かせてほしいと言うべきなのだろう。裁判所ではどんな感じだった？　すごくロマンティックだった？　プロポーズはどんなふう？

ぼくにはどうしてもできなかった。

「いいんじゃないの」

そんな嫌な言いかたしかできず、そのあとぼくたちは他人どうしみたいにすわって水をすすった。

父とルシアンの一杯は何分ぐらいかかるだろう。ぼくは抜け出す口実を見つけ、携帯電話を持っていく。アビゲイルだって自分の電話を持っていったのだから、母がそのことでぼくに怒ったとしても、電話が使えない場合に比べたらどうってことはない。

レストランの給仕スタッフがテーブルの上を片づけ、ケーキのための場所を作り始めた。ぼくは彼らが運びやすいように使用ずみの皿を重ねた。何よりも母の悲しげな目を避けたかったから。ルシアンが席を立ったときに足元にナプキンを落としていったので、ぼくはそれをもとの位置に戻すために彼の椅子を引いた。

そこにあった。椅子の上に。ぼくの携帯電話が。

なぜ彼の椅子の上なんかにあるのだろう。彼が電話をつかむところは見ていない。ちらっとでも視線を向けるのさえ見なかった。

彼はどこまで知っただろうか。

ぼくは携帯電話を手の中に隠し、母に見とがめられる前に袖の中に押しこんだ。

「あのさ、ぼくもちょっとトイレに行ってくる。長くなるから」

母はぼくのほうに目もくれず、静かにきいた。

「デザートはいるの？」

「いらない。でも、ありがと」

そう言って立ち上がる。

トイレに行って個室に入ると、すぐに鍵をかけ、急いで携帯電話をオンにした。ルシアンがメールをすべて読んだかどうか不明だし、メールや電話を追跡するために何か細工したかどうかもわからない。ホームズに教えられたことをなんとか思い出す。小型のイヤフォンだっけ？　受話口を覗いてみても何も見えなかった。

着信音が続けざまに鳴った。エリザベスから長文メールが来ていた。

〈レキシントンは入学した直後からアナに売ってる。でも、彼女に千ドルを前渡ししてなかった。アナは彼にもお金を見せびらかしてる。彼によると、アナはパパみたいな人がどうとか言ってたみたい。シュガーダディっていうんだっけ？　気持ち悪い。わたし、この話を聞き出すのと引き換えに、レキシントンに今学期いっぱい英語の宿題をやってあげるって言ったの。ただの口約束だけどね〉

次のメール。

〈リーナがお金の行き先について手がかりをつかんだと思うって。このあと会うから、報告するね〉

三通め。

〈お金は実在してた。なくなったのも本当――リーナによると、アナは自分の言い分に固執してる。

何かにおびえてて、どうしてもあのお金を取り戻さなきゃいけないみたい〉

さらに次。

〈ジェイミー？　いるの？　今夜、見回り点検のあとで会える？〉

そして、今から二十分前にホームズから短い一通が来ていた。

〈われわれはそっちに向かっている〉

彼女といっしょにいるのはレアンダーだろうか。彼が今日ニューヨークで予定があると言ったのがそのことだったとしても、ぼくは驚かない。

ぼくはエリザベスに返信した。

〈真夜中にキャンパスで会おう。カーター寮の地下トンネルに入ったところで〉

ホームズにも返信する。

〈今どこ？〉

トイレのドアが開く音が聞こえた。だれかが入ってきて、手を洗い始めた。

〈ここにいる〉

ホームズの返事を見るなり立ち上がり、受信メールを一件ずつ慎重に削除した。

個室のドアを開けたとき、ぼくはルシアン・モリアーティにシャツをつかまれ、外に引きずり出された。

第二十二章　シャーロット

われわれはショットガンを持ってこなかった。代わりに二丁の拳銃を持参した。わたしは自分の拳銃をイブニングバッグの中に入れている。口紅を別にすれば、拳銃ほどイブニングバッグにおさまりのよいものはない。口紅は持ってこなかった。ほかに錠前破りの道具一式を大腿上部にベルトで固定し、いざというときにプラスドライバーとして使用可能なヘアピンを髪に挿してある。ショットガン――銃身を巧妙に切りつめた美しい道具――をダッフルバッグに入れてくることも考えないではなかったが、おそらく嫌でも人目を引いたことだろう。

わたしの一連の予防措置について、レアンダーが過剰だと見なしているのは明らかだ。彼の考えが正しいことを、わたしは心から願った。

われわれがレストランに入ったとき、店内は混んでいた。おそらくいつも混雑しているのだろう。これ見よがしでなくても、身なりで客の金持ちぶりがわかる種類の場所だ。カシミア。テーブルに置かれたドライビング・グローブ。そういった類のもので。レアンダーが小さな個室の並んでいる場所に続く通路を指さした。ジェームズ・ワトスンがひとりですわって飲んでいるバーを通りすぎた先だ。

「シャーロット、きみはそのまま進め。おれはジェームズにさよならを言う。きみがジェイミーと話をしたら、われわれはここを出る。十分間でいいか？　ラガーディア空港を十一時に発つ便がある。それに乗る予定だ」

わたしは、叔父がジェームズに歩み寄るのを見つめた。覗き趣味かもしれないが、何か学べるのではないかという気がしていた。おそらくわたし自身について、何かを。

叔父は音もなく近づいた（これだけ混んでいるレストランでは、さほどむずかしいことではない）。そして、見えないドアから踏み出すかのように、忽然とジェームズの隣に腰を下ろした。いつもなら、その努力と手際のよさに思わず笑みを浮かべてしまうような光景だ。

ジェームズ・ワトスンがレアンダーを見やり、それから手を目に持っていった。泣いていたのだろうか。叔父のいたずらは裏目に出たようだ。

この光景を見ていてはいけない、とわたしは思った。

かといって、ただちにテーブルに行くこともしなかった。代わりに化粧室に向かったのは、何よりも発作的な見栄によるものだ。錠前破りのセットがドレスのすそから見えないことを確かめたいからだと、自分には言い聞かせていた。言語的思考とその下に流れる気持ちの相互作用は、なんとも興味深いではないか。実際には、ジェイミー・ワトスンと最後に会う前に、自分がきれいに見えることを確認したかったからで、そのために化粧室に行くのだと自覚していた（さよならはむずかしい。せめてそれぐらいよいではないか）。

殺害を試みようとしている男が同じレストランにいるのではないかと疑っているだれかの目に、わたしはまずまずかわいく見えるだろう。

これでよし。わたしは手を洗おうと洗面台にかがんだ。

化粧室の壁の向こうで物音がした。濡れた袋をこぶしで殴りつけるような音。より正確には、男性用化粧室で何者かが別のだれかを殺そうとしている音だ。

ワトスン。

どうすべきか考える前に、わたしは動いていた。イブニングバッグから拳銃を取り出すのに一秒もかからなかった。

第二十三章　ジェイミー

ルシアン・モリアーティは、ぼくを殺すつもりはない。なぜなら、彼がそう明言したから。

「だが、これだけは知っておくがいい」

そう言って彼は、ぼくの腹にもう一発パンチをめりこませた。

「きみがこちらの話に耳を傾けるまで、わたしはきみを痛めつけることになんの抵抗も感じない」

喉に腕をぐいぐい押しつけられ、ぼくは壁に背をつけたまま動くこともできない。最初はあらがったものの、タイルがすべって足場を確保できず、息ができなくなった。ぼくの反撃は、個室からつかみ出されるときに彼のシャツからボタンをいくつか引きちぎったことだけだった。

「わたしの指示どおりにするのだ」

ルシアンはそう言って、ぼくの首にさらに圧力をかけてくる。

「さもないと、わたしはきみに指示を与える代わりに、きみの妹を拘束している者たちに指示を与えることになる。どういう意味かわかるな？」

「何を企んでる？」

ぼくはかすれ声できいた。

「聞かないほうが身のためだ。うなずけ。わかったら、うなずくのだ」

ぼくは物理的にうなずけなかった。

「うん」

どうにか声を絞り出す。異様なほどつややかな彼の顔に薄ら笑いが浮かんだ。テッド。魅力的な口調と、母だけを見つめる目を持つテッド。はにかみ屋で幸せそうなテッド。だれもをとりこにしたテッド。

腕でぼくの息を止めているテッド。

震えるように息を吸った次の瞬間、ぼくは思いきり押し返しながら突進し、彼を床に倒した。床に背中をつけたまますべった彼が、背後のコンクリート壁に頭を打ちつけた。

この一年間、ぼくはたっぷりラグビーの練習をしてきたのだ。

彼にのしかかり、膝で胸を押さえつけながら、ぼくは言った。

「おまえを殺すつもりがないのを知っててほしい」

ルシアンは意識があり、息をしているけれど、禿げた頭部から血が流れている。

「だけど、これも知っておけ。おまえがこっちの話に耳を傾けるまで、ぼくはおまえを痛めつけることになんの抵抗も感じない」

彼の呼吸が荒くなり、あえぐように言った。

「このくそがき」

そのとき、トイレの入口ドアが勢いよく開いた。

シャーロット・ホームズが立っていた。真っ赤なドレスを身にまとい、両手でかまえた拳銃をまっすぐルシアン・モリアーティに向けている。彼女の背後で、ドアがかちりと閉まった。

「おっと。きみが事態をおさめるとは思わなかったな」

ホームズはそう言うと、拳銃に安全装置をかけてバッグにしまった。

メインホールのほうが騒がしい。ひとりが叫んでいる。

――彼女を見たわ、銃を持ってるのを見たの。

ホームズはあわてる様子もなく入口ドアをロックした。

この瞬間、心にさまざまな感情が湧き上がっても不思議はなかったのに、ぼくが感じたのはただひとつ、安堵だった。

ぼくは彼女にほほ笑んで言った。

「ハイ」

「ハイ」

と彼女も返した。

「そのあと、どうするつもりだ?」

ホームズがつま先でルシアン・モリアーティを示した。彼は起き上がろうともがいているけれど、まだ朦朧としており、あと数分ぐらいは押さえつけておけそうだ、とぼくは伝えた。

「きみに計画はある?」

口にしたとたん、ぼくは青ざめた。前回、ホームズに計画をまかせたときは……。

彼女はぼくの表情を読み取ったにちがいない。

「いや。拳銃を使うのがわたしの計画だった。だが……もはやそれは計画ではない。窓がある。そこの上に小さいのが」

「じゃあ、あそこから外に出よう。それから、どうする? 彼がすっかり聞いているのを忘れないで」

「むろん、わたしはきみたちの計画をこの耳で……」

ぼくはルシアンの口を殴りつけた。

「今の一発は母さんの分だ。それか、妹の分。ふたり分だ」

ホームズが眉を上げた。

「それは痕跡を残すことになるぞ」

「でも、出血してる頭の傷もいずれ消えるよ」

「きみの判断にけちをつけているわけではない」

「つけてるよ。この頭の傷はきみの分だ」

だれかがトイレの入口ドアをどんどんとたたいた。

「出てきなさい、警察を呼んだ。出てくるんだ」

「ぼくの電話を拾ってくれる？　洗面台の下に落ちてると思う」

「画面にひびが入っている」

ホームズが携帯電話を放って寄こした。

「彼に弁償してもらおう」

と言いながら、ぼくは連絡先一覧をスクロールさせた。

「あった。ちょっと待って」

発信してすぐに電話の向こうから「シェパードだ」と声が聞こえた。

「シェパード刑事、ぼくは……」

ルシアンが思いきりぼくを突き飛ばしてきた。二秒後、ホームズがふたたび拳銃で彼に狙いをつけた。ぼくが口の動きで、武器を探って、と伝えると、彼女は「やあ」と挨拶しながら、ルシアンの両脚を手でたたいていった。

電話のシェパード刑事がきいてきた。

「大丈夫なのか？」

「ええ。まあ。いえ」

ホームズがルシアンの靴下の中から鞘入りナイフを取り出した。

「ぼくたちはニューヨークのレストラン〈アーノルド〉の男性用トイレにいます。ルシアン・モリアーティがぼくの母と結婚して、今ぼくは彼を床に押さえつけてるところで、銃を持ったホームズがここにいて、だれかが警察に通報しました」

「な……なんだと？」

ホームズがぼくのまわりを動き、ルシアンのブレザーの下から拳銃を引っぱり出した。次いで財布と携帯電話とパスポートを三通抜き出す。みごとなスリの技だ。そのあいだ、もう一方の手では拳銃を突きつけている。

入口ドアをたたく音が激しくなった。

「警察だ！」

「今言ったとおり、あのですね、シェパード刑事、ぼくたちが彼をここに残して行かなきゃいけないことを知っておいてほしいんです」

「警察だ！」

「でも、今度あなたに会うときに事情をすべて話しますから」

ホームズが武器を全部取り上げたことを手ぶりで示した。ぼくはうなずいた。

「そこはわたしの管轄ではない」

「でも、とにかくあなたに知らせるべきだと思ったもので」

「いいだろう。それじゃ、署に出頭しろ」

「ええ、あとで。今はちょっと忙しいんで」

「まったく、ジェイミー、今すぐ署に……」

ぼくはすでに電話を切っていた。ホームズはルシアンから奪ったものを自分の小さなバッグにつめこんでいる。

「警察だ！　ドアを開けるぞ！」

だれかが入口ドアに肩をぶつけ、何かが弾け飛ぶ音がした。

アドレナリンがぼくの体内をめぐり始めた。分泌によって急に意識がはっきりし、自信に満ちあふれた。ぼくはルシアン・モリアーティの身体から立ち上がり、彼が起き上がれないように蹴りつけた。

思わず顔をしかめていた。ぼくはきっと刑務所に行くだろう。そのことに疑問の余地はない。

ホームズが窓のほうを目顔で示した。ぼくは洗面台の上によじ登り、彼女をぼくの隣に引っぱり上げた。ほんの一瞬、ふたりの身体が密着した。彼女は温かく、髪がぼくの鼻のすぐ下にあった。ぼくは両手を組み、そこにのせた足を押し上げてやった。彼女と出会って早々ドブスンの部屋に忍びこんだときと同じやりかただ。今はあのときよりも息が合っている。一回めに押し上げたときに彼女は窓を開け、二回めに押し上げたときに外に出て、下にいるぼくに手を差し伸べてきた。

トイレの入口ドアが砕けた。樹木に稲妻が落ちたみたいだった。ルシアン・モリアーティがよろめきながら立ち上がる。外では人びとが叫んでいた。

ぼくはシャーロット・ホームズの手をつかみ、もがくように壁を靴でこすった。彼女が引っぱり上げてくれた場所は、ブロードウェイとプリンス通りが交差する角だった。路面に足が着いたとたん、ぼくたちは走り始めた。

第二十四章　シャーロット

身をひそめることのできる安全な隠れ家が必要だ。警察は鉄道を監視するだろう。タクシーと高速道路の料金所とレンタカーを監視するだろう。空港も監視対象だから、今夜のロンドン行きの予定はないものと考えたほうがいい。

可能性のある選択肢は……。

（１）グリーン警部のアパートに戻る。

（２）ブルックリンにいるヘイドリアン・モリアーティの前で敗北を認め、避難所の提供を請う。

（３）空いている民泊物件を見つけ出して押し入る。

（４）一時的に身を隠してグリーン警部に支援を求める。

レアンダーはおそらくグリーンのアパートに戻るだろう。われわれはどうにか追跡をかわし、彼のもとに行けるかもしれない。だが彼が事情聴取を受けている可能性もあるので、連絡は危険だろう。第二の選択肢は自殺行為に等しい。第三は、少しでも判断を誤ると、部屋に侵入したとたん旅行者の目を覚まさせることになる。そうなれば、さらに大勢の警官が集まるのを覚悟せねばなるまい。第四……第四の選択肢は見込みがありそうだ。

ワトスンの手を引っぱって路地に飛びこみ、奥まった場所にあるゴミ収拾容器の背後にしゃがみこんだ。直後に一台の警察車両が通りを猛スピードで走りすぎていった。次の一台は渋滞に走行を阻まれ、サイレンをずっと鳴らし続けている。

「スコットランド・ヤードに電話する」

わたしがささやくと、ワトスンがうなずいた。

ロンドンは真夜中だが、グリーン警部はまだ起きていて応答した。

「ハイ、スティーヴィー」

「ええ、どうも。ロウワー・マンハッタンで隠れ家を探しています」

「リサのアパートに何かしたの?」

「何も。われわれはただ……ソーホーの公共トイレでルシアン・モリアーティと一戦交えただけです」

「われわれって?」

「ワトスンとわたしです」

「そう。すばらしい。やるじゃない」

「助けるにせよ、助けないにせよ、気のきいたコメントは勘弁願います」

「サイレンが聞こえるわね」

彼女がうなるように言った。電話越しにキーボードを打つ音が聞こえる。

「いいわ、聞いて。いずれにしても、あなたには話しておかないといけない。今日、新たな情報源と接触したの」

「何者ですか？」

「メリック・モーガン＝ヴィルク。彼はあなたの現在地の近くにいる。わたしから電話して、あなたを行かせると伝えておく。ここに住所があるわ。ペンを持ってる？」

ワトスンが「ひっ」と声をたてた。一匹のネズミがゴミ収集容器から出てきて、今は彼の靴の上を横切っている。

「持っていませんが、わたしにはまずまずの記憶力がありますので」

第二十五章　ジェイミー

モーガン＝ヴィルク邸の裏手入口から招き入れられたとき、自分のシャツがルシアン・モリアーティの血で汚れているのに気がついた。ひょっとするとぼく自身の血かも。どちらとも言えない。いつも潔癖すぎるぐらい身ぎれいなホームズも薄汚れていた。真紅のドレスが茶色っぽくなり、すそがぼろぼろで、その下から出ている両脚はすり傷だらけだった。ふたり並んでキッチンに立っている姿は、さながらペスト大流行時代のひどい境遇にある子どもたちだった。

キッチンはありふれたもので、戸棚類とテーブルとステンレスのシンクがあるだけ。上階に続く階段があるので、どうやらモーガン＝ヴィルクはブラウンストーンの一階と二階部分を借りているようだ。

家の中に入れてくれた若い女性は、警戒する目でぼくたちを見た。

「ミスター・モーガン＝ヴィルクは書類を取りに行っています」

「そうですか。わかりました」

ホームズが応じ、続けて質問をした。

「あなたは？」

女性は何も答えずにキッチンを出ていく。

「わたしの同僚だ」

答えたのは、キッチンテーブルにすわっていたマイロ・ホームズだった。ぼくは一キロメートルは飛び上がった。そこにいるのが全然見えなかったからだ。ホームズの目が丸くなり、次いで細くなったところを見ると、どうやら彼女も存在に気づかなかったらしい。ぼくの知るかぎり、そんなことは初めてだ。

気づかなかったのは、マイロの姿がふだんの彼と似ても似つかないからだろう。トレーニングウェア。もじゃもじゃの顎ひげ。眼鏡をかけておらず、伸びた髪を頭の上でロールパンの形にまとめている。彼の前にはボトルと空のグラスが置いてあった。

「まさか、いいや、ありえない」

ホームズがそう言いながらドアのほうへ後ずさった。ぼくは動揺のあまり、それが頭のロールパンに対する反応かと思った。

「すわるんだ」

マイロのややろれつの怪しい声を聞いて、ぼくはショックを受けた。ずっと酒を飲んでいたらしい。

「すわらないと、おまえを引きずり戻してそこの椅子に縛りつけるぞ」

ぼくはマイロ・ホームズのことを常に恐れてきた――恐れないのは愚かなことだ――けれど、今は心底ぞっとしていた。

ホームズは平然とした様子で兄の真正面に行き、彼が飛びかかってくるのを警戒するようにゆっくりと椅子に腰を下ろした。

「グリーン警部がわたしをここに来させた。メリック・モーガン＝ヴィルクに会いに来たんだ」

「おまえはいつもわたしが事情を知らない前提で話をする」

彼はグラスに勢いよくウィスキーを注いだ。

「まったく懲りないやつだ」

ぼくは唾を飲みこんでからきいた。

「あなたはなぜここにいるの、マイロ？」

「ジェイミーか」

そこには大げさなほどの軽蔑があった。

「わたしの無礼を許してくれたまえ。見たところ、ふたりとも服を着替えたいのではないか？」

「ぼくはいいよ。マイロ……」

「二羽のおびえたウサギのような目でわたしを見るのはよせ」

彼がグラスを口に運ぶ。

「わたしはおまえたちに来てほしかったのだ。傷つける気はない」

ホームズは酒を飲む兄の喉が動く様子を見つめていた。

「兄さんはグリーン警部と連絡を取っているのか？」

「グリーン警部がわたしに接触してきたのだよ、お嬢さん」

その声は階段の上から聞こえてきた。

「そのまま、そのまま。やあ、こんにちは」

少し息を切らしながら姿を見せたメリック・モーガン＝ヴィルクは、栄養の行き届いた腹回りにファイルボックスをのせるように抱え、政治家らしい笑みで握手を求めてきた。

ぼくは反射的に椅子から立ち上がった。ホームズはすわったまま手を差し出した。

「メリック。ミス・ホームズは〝ここで何が起きているのか〟知りたいそうだ」

マイロの口調は強調括弧が目に見えるようだった。

モーガン＝ヴィルクがファイルボックスを乱暴にテーブルに下ろす。

「ここにいるわれらが友人マイロが……」

マイロが会釈してみせた。

「……国連安全保障理事会の席で、わたしを彼の友人たちに引き合わせてくれたんだ。わたしはここで準備委員会とともに仕事をしている」

ぼくは「なるほど」とうなずいた。本当は何ひとつ理解していなかった。

マイロが言う。

「それは取るに足りないことだ。わたしがここにいるのは、アメリカ人たちがわたしを英国に送還する気がないだろうと思うからだ。たぶん、送還しないだろう。するかもしれない。知るものか！　これはまさにパーティなのだから」

モーガン＝ヴィルクが口元を険しくして告げた。

「この数日でいくつか……新しい進展があった」

マイロがもうひと口飲んで、あとを引き継ぐ。

「監視カメラ映像だ。こともあろうに。わが屋敷にわたしが仕掛けたカメラが撮影し、わたしがきれいさっぱり消去したはずの映像が、どういうわけかスコットランド・ヤードのあるまぬけのデスクに届いた。そいつは真相を知らず……」

「映像？　そこに映ってるのは、あなたが銃で……」

ぼくはその先が言えなかった。オーガスト・モリアーティを撃った、と。

ホームズが一瞬だけ両手に顔をうずめ、それから言った。

「それで？　兄さんはこれまで抑圧してきた罪の意識を今はとことん感じているのか？」

「罪の意識？」

マイロはグラスを明かりにかざした。

「これが罪の意識だと？　わたしはただ刑務所に行きたくないだけだ」

ホームズは今にもテーブルを跳び越えて彼につかみかかりそうに見えた。ぼくは彼女の肩に手を置いた。

彼女は身をこわばらせたものの、すぐに力を抜いた。そして、うなずいた。

マイロはぼくたちの様子を興味深そうに見ていた。

「実にくだらん」

だれにともなく言うと、グラスの酒を飲み干した。

モーガン＝ヴィルクが咳払いをしてから口を開いた。

「シャーロット。国連について話していたのだったね」

「そうです」

彼女の目はまだマイロに向けられている。

「そして、もちろんあなたの愛人について」

モーガン＝ヴィルクは感心なことに（実際はちっとも感心なことじゃないけど）驚いた様子も見せず、にっこりほほ笑んだ。ぼくは思わず言った。

「何？　待って。どういうこと？　話が全然見えない」

「ミスター・モーガン＝ヴィルク、時間の節約のため、あなたの現状およびわれわれがここで何をしているかについて、ここにいるワトスンに説明してもかまいませんか？」

「ああ、ちっともかまわんよ」

メリック・モーガン＝ヴィルクはとても喜んでいるように見えた。彼はぼくの父と気が合いそうだ。

「どこから始めるべきでしょうか？」

ホームズがそう言って彼をじっと観察する。

「そうだな、まず率直に言わせてもらうと、わたしの愛人はもう愛人ではなく……」

「ええ、もちろんちがいます。もはや愛人ではなくあなたの妻です。結婚指輪から容易にわかります。ですが、ここに同伴してはいない……あなたが指輪を回しているのを見ると、おそらく今日彼女に電話するのを忘れ、この時刻だと英国に電話するには遅すぎる。下院議員だったとき、選挙区はどこでした？　彼女はモーガン＝ヴィルク家の古い屋敷に戻ったのですか？　いいえ……それではあなたのお子さんたちが気分を害するはずです。となれば、ロンドンのアパートですね。資産があって地方を避けたい人はそうします。ところで、あなたは選挙に立候補していませんね。ここでおこなっている何かをあえて選挙準備委員会と呼ぶ理由が、わたしにはわかりません」

「ほう。どうしてそれがわかったのかね？」

「あなたは睡眠も食事もたっぷりとっていて、心穏やかに見えます」

ホームズはそこで言葉を切り、遠くを見つめてから説明を続けた。

「セックス・スキャンダルのあとでふたたび立候補するのは、容易ではないでしょう。それはアメリカでも同様です。英国で立候補する者がアメリカで資金調達するのもひどくばかげています。あなたは国連安全保障理事会のメンバーと会っているのですね？　あなたは選挙に出るのをやめた。大使に任命されるための支持を集めようとしているのです。それは完全に合法とはいえず、同時に完全に非合法とも言えません。ゆえに表立って活動できないわけです」

モーガン＝ヴィルクは拍手した。いかにも上機嫌な笑みが浮かんでいた。

「なんとすばらしい」

彼はマイロに向いた。

「きみの妹さんを気に入ったよ。なんと楽しいことだ」

マイロが首を振る。

「この子は肝心な点をすべて除外している。たとえば、自分がここで何をしているかを話さないのと同様に」

ホームズが顔をしかめて言った。

「隠れ家が必要でスコットランド・ヤードに電話したんだ」

「さっきまでルシアン・モリアーティをさんざん殴っていたからだな」

とモーガン＝ヴィルクが先ほどと同じ上機嫌な笑みを浮かべて言った。ぼくはわずかに後ずさった。やっぱり彼には父と会ってほしくない。彼がぼくのほうを向いた。

「どうしてそんなことができた？　まことにみごとな手並みだ」

「ええと、ラグビーのおかげでしょうか」

「わたしもラグビーをやっておくべきだったな。残念なことだ。まあ、いずれにせよ、わたしはミスター・モリアーティにたいへん関心がある」

それを聞いてホームズが眉をひそめた。

「わたしは記録を調べました。あなたの息子と初めて話をしたとき……」

「いつのことだね？」

「月曜日です。彼のアパートの階段で」

あまりによどみのない話しぶりだったので、ぼくは一瞬その意味に気づかなかった。

「きみはあそこに……」

「あとにしろ」

ホームズはそう言って表情を作ってみせたけれど、ぼくには翻訳不能だった。

「あなたの息子と初めて話をしたとき、わたしの受けた印象では、ルシアンがあなたの選挙運動を投げ出したのは、彼の弟オーガストがわたしの家庭教師の職を失った問題に対処するためではないかと……」

そこでマイロが口をはさんだ。

「〝職を失った〟か。なんと婉曲な表現であることか。コカインが車のトランクに満載されていたことやおまえが彼をはめたことを忘れてはいまいな」

「兄さんを楽しませることができてうれしいよ。そう、またわたしの過ちというわけだ。それはきわめてドラマティックだからな」

ホームズはマイロに辛辣な口調で言うと、モーガン＝ヴィルクと話を続けた。

「しかし、詳細を調べたところ、日付が符合しません。あなたの選挙は夏で、オーガストの件が起きる前でした。では、なぜルシアンはあなたのスキャンダルが発覚する直前に辞めたのでしょう？　彼が文字どおりあなたの問題を解決するために必要とされたのは、いつのことだったのです？」

ふたりはたがいに目を見つめ合っていた。

モーガン＝ヴィルクが両手を自分の腹の上に置く。

「モリアーティが辞め、わたしが国会の議席を派手に失ったあと、わたしはいくらか時間を持てあましていた。想像がつくと思うが、ルシアンに対して少しばかり……執着を持つようになっていてね」

「それで？」

「彼はコンサルタントとして数多くのクライアントを抱えている。彼らのためにニュースになるような話をひねり出す。彼は何年も政府関係の仕事をしてはおらず、扱うのはすべて民間企業だった。生活のために日々嘘をつくことは……毒なのだ。それは善悪の感覚を失わせかねず、もしそうしたものをそもそも持っていなければ……彼がなぜわたしの選挙活動から去ったのか知りたいかね？」

「なぜですか？」とぼくはきいた。

「あの男はわたしの妻と関係を持っていたのだ」

モーガン＝ヴィルクの声には感情のかけらもなかった。

「わたしはちっとも気づかなかった。関係は十年以上にもわたって続いていたのに。わたしのもとで仕事を始めたとき、ルシアンは……そう、二十代半ばだった。若くてハンサムだったよ。とにかく彼にはろくでなしの魅力がある、というか、あったのだ。そして、モリアーティという名前には妖しい魔力がある。わたしの妻もそこに惹かれたのだろう。彼が選挙活動から離れたのは、わたしの娘アナが十三歳になり、思春期に突入したとき、彼によく似てきたからなのだ」

アナ。

アナ・モーガン＝ヴィルク。

なくなった千ドルのアナ。

ぼくは息をのんだ。

「そんな。だったら、あなたは……」

「親子鑑定はしたのですか？」

ホームズの問いにモーガン＝ヴィルクはうなずいた。

「もちろんだ。ルシアンは当時、髪を長く伸ばしていた。アナが自分でやったよ。彼のコートから髪の毛を何本か採取し、検査機関に郵送した。あの子が検査結果を彼に見せたのは、選挙の一週間前だった」

「それで、彼はとっとと逃げ出した」とぼくは言った。

「そのとおり」

モーガン＝ヴィルクの顔にまた笑みが浮かんだ。サンタクロースみたいな笑みだ。

「とっとと逃げ出した。その言い回しはとても気に入ったよ。その翌週、わたしと愛人に関するニュースが大々的に報道されたとき……まあ、娘には軽蔑された。娘は母親のことも軽蔑した。そして、自分で見つけ出したばかりの〝父親〟を崇拝し始めた。娘は彼といっしょに暮らそうとし、彼は即座に娘を全寮制学校に追い払った」

「ぼくたちの学校だ。アナは今、あの男の手先として動いてます。今週、ぼくはみごとにはめられました」

「ああ、彼がそのようなまねをするのではないかと危惧していた。汚らわしいやり口だ」

モーガン＝ヴィルクの顔から笑みが消えていく。

「すべてにあの子がかかわっているのはきわめて残念なことだ。きみたちふたりは……。いや、アナのことを考えると、シャーロットとオーガストとルシアンをめぐる物語はわたしの悪夢の燃料のようなものだ。あの男はきみたちに恨みを抱き、報復を考えており、そのためにわたしの娘を利用している」

「気の毒に」

マイロの言葉は、意外にも心がこもっているように聞こえた。ボトルがほとんど空っぽになったせいかもしれない。彼はふらつきながら立ち上がり、テーブルの上にあるファイルボックスを開けた。

「そもそもわたしがここに来たのは、ミスター・モーガン＝ヴィルクの国内外における世間的イメージを改善するために何ができるかを話し合うためだ」

だらしない酔っぱらいであっても、マイロ・ホームズには相手に反論を思いとどまらせる威厳のようなものがあった。それでも、ぼくは言い返さずにいられなかった。

「なるほど。あなたはルシアンを倒すことと無関係の理由でここにいるわけだ。妹を手助けすることとも全然関係なしに」

ホームズがぼくを見つめた。マイロがかすかに頭を振る。

モーガン＝ヴィルクが割って入った。

「そこまで。モリアーティは別のパイにも手を伸ばそうとしている。きみたちの件だけではない」

彼が箱の中にあるファイルの束を示した。

「手短に言わせてもらおう。彼は広く知られた犯罪者であり、わたしは彼に裁きを受けさせることで評価を受けたいのだ。きみたちさえよければ、わたしが法廷に引きずり出す役をやりたい。すでに犯罪者引き渡しに関する詳細をつめているところだ」

「ぼくたちさえよければ、ですって？」

ぼくは苦々しく笑った。

「ホームズはどう思うか知らないけど、お願いだから、あいつに鉄の足かせをつけて英国に引きずっていってください。あのくそったれはきのう、ぼくの母と結婚したんです」

「そうなのか？」

マイロの口調はまるで天気のことでも尋ねるみたいだった。

モーガン＝ヴィルクがうなずく。

「そういう事情であれば、きみのシャツにだれかの血がついているのも納得できる」

「自分でもその考えに賛成かどうかわかりませんが、もちろん、それでかまいません。彼には何か計画があります。どれほど深刻なものか不明ですが、彼は遂行に向けて突き進んでます。マイロは潜伏中の身で、キッチンで酔っぱらいながらあなたの相談に乗ってるし、ホームズとぼくは自由に動くことができない。今ごろ彼が警察にどんな証言をしてることか。事実はひどく不利なんです」

「どんな事実かね？」

ホームズがため息をつき、説明した。

「われわれは彼をたたきのめし、彼から武器と財布と偽造パスポートを取り上げ、そのあと化粧室の窓を通って警察から逃れました」

モーガン＝ヴィルクが口笛を吹き、マイロが片手を突き出してきた。

「彼のパスポートを。財布もだ」

「いやだ」

「なんだと？」

「いやだ」

ホームズは繰り返した。

「なぜ兄さんに手を貸さねばならない？　それでどんな結果が得られる？」

「さあな、ロッティ。おまえをいじめる人間の収監が早まるのではないか？」

「兄さんは助けにならない」

ホームズはあえぐように言葉を吐き出した。ぼろぼろの赤いドレスを着た彼女は、まるで爆発から逃げのびてきた少女みたいだ。

「兄さんは人を助ける方法を知らない。代わりに支配権を握る。それで事態をいっそう悪化させるんだ。あのとき、わたしは自分が何をしているかわかっていた！　レアンダーがどこにいるかもわかっていた！　彼を解放するつもりだったし、ベルリンに行ったのはへイドリアンとフィリッパをおびき出して屋敷に連行するためだった。グリーン警部が彼らを〝逮捕〟しようとしていた。ルシアンは自分の犯したことのせいで弟と妹が逮捕されるのをけっして看過しないだろう。彼はそれだけの忠義を持っている。弟と妹を釈放させるために、彼はなんらかの動きを見せざるをえなかった！　隠れ家から出てくるはずだったんだ！　それがわたしの計画で、巧妙なものだった。そこへ兄さんが狙撃用ライフルを持ってしゃしゃり出てくるだと？　ライフルにスコープはなかったのか？　兄さんは発砲する前に確認しなかったのか？　兄さんは……」

マイロが目の前に両手をかかげた。その手は震えていた。

「わたしはおまえを守ろうとしていたのだ」

彼は静かに告げた。

「ただおまえを守りたかっただけなのだよ」

「わたしを守る機会など、何年も前からずっとあったじゃないか」

ホームズは打ちひしがれたように言った。

「何もあのときにそれを始めなくてもよかったのに」

ふたりはたがいをじっと見つめた。

静けさの中で、モーガン＝ヴィルクが「シャーロット」と言った。

「ああ、お願いですから……。いいでしょう。こうするのはどうです？　ルシアンの偽造パスポートと財布の内容物は、すべてのコピーをあなたに渡す。そして、オリジナルをわれわれがもらえるなら、しかるべきときに、あなたがルシアンを逮捕してかまわない」

「しかるべきとき、とは？」とモーガン＝ヴィルク。

ホームズはぼくをちらっと見た。

「ワトスン？」

彼女がぼくの意見を求めている。ぼくは不意をつかれながらも答えた。

「まだ解明できていない部分がいくつかあります。明日ではどうですか？」

ホームズの指揮の下、マイロの助手がルシアンの持ちものを何枚も写真におさめるあいだ、ぼくは部屋の隅に行って携帯電話の電源を入れた。警察から逃げているときもひっきりなしに着信音が鳴っていたので、バッテリー節約のために電源を切る必要があったのだ。

百通ものメールが来ていた。その大半が義理の母親アビゲイルからだった。

〈ジェイミー、なんてことをしてくれたの？　いったい何を考えてるの？〉

それから、

〈ジェイミー、家に帰っていらっしゃい。大丈夫よ。約束する〉

見え透いた嘘だ。

〈あなたのお父さんは、警察にまかせろとしか言わないけれど、何が起きてるのか、あなたが何を考えてたのか、どうしてあんなことをしたのか、わたしにはわからないわ〉

ぼくは彼女のメールのせいで怖くなり、返信しようと文字を打ち始めたけれど、そこではっと手を止めた。アビーの携帯電話を操作しているのがアビー自身とはかぎらない。おそらく彼女ではないだろう。ルシアン・モリアーティでなければ、警察だ。

母さんからは一通も来ていない。アドレナリンが全身から減少し始めている今、母から二度と連絡がないという可能性を受け入れるべきだろう。母の新しい夫を公共のトイレで襲撃したのだから。母が感じているはずのことを、ぼくは理解できない。母は、たとえ一連のできごとの黒幕がルシアン・モリアーティだと知ったとしても、あれだけ残酷な暴力を振るったぼくのことをモンスターと見なすだろう。今までどおりぼくに接することなど、どうしてできるだろうか。

身体が震えているのに気がついた。吐き気がする。ぼくは規則正しい呼吸を心がけた。そのことを考えるのは後回しにしろ。考えたところで今はどうにもならない。

エリザベスからは数通。ぼくが大丈夫かどうか何度も確かめようとしている。彼女にはまだ事情を説明していない。リーナからのメールはユニコーンの絵文字だらけで、今夜ぼくと会ったときに何か勝利が訪れると信じているらしく、それを祝っていた。

父からは一通のみだ。

〈おまえを誇りに思ってる。それをわかってほしい〉

それだけ。

どういうわけか、今夜目にしたほかの何よりもぞっとさせられた。

すっかり疲れてしまったところへ、ホームズがパスポートを握りしめて戻ってきた。

「これは枕の下に敷いて眠らないといけないだろう」

彼女の後ろでは、モーガン＝ヴィルクがどこかに電話していた。

ぼくはリーナとエリザベスから来たメールをすべて見せた。

「どう思う？　ぼくたちはリーナに会うべきかな？　彼女が何をそんなに大はしゃぎしてるのか確かめる？」

「そうしようと思う。当初の計画では、今夜のうちにこの国をあとにするはずで……」

思わず彼女を見返す。

「今夜？」

「……だが、叔父と合流するのは安全とは思えないし……」

「待って。レアンダーといっしょだったの？　いつから？」

「……安全かもしれないが、危険を冒す理由もなく、きみが警察に追われているという問題もあり、わたしは……そうだな、この地にとどまるとしよう。とはいえ、リーナは真夜中と書いている。われわれがシェリングフォード高校に戻るまで、まだあと四時間ある」

「嘘だろ」

時計を見たら、確かに八時だった。今日の午後に学校を出たのが一週間前のできごとみたいに思えるのに。

「さてと」

ホームズはぼくと目を合わせようとしない。部屋の向こうではマイロがファイルボックスの中身をテーブルに空け、書類を落ち葉のようにばらまいている。

「そうだ、シェルビーのことをまだ話してなかった」

ぼくは恐怖とともに思い出した。どうして忘れていたのだろう。ルシアン／テッド、必死の逃亡劇、二日酔いの幽霊みたいなマイロの登場――それらのせいで妹のことが頭の隅に追いやられてしまっていた。

「妹は新しい学校生活をスタートさせたんだ、今日、ここアメリカで。でも、それもルシアンによる陰謀だと思う。母は単なるホームシックだと言ってたけど、ぼくは妹の判断を信用する。ホームズ……あの子は電話してきたとき、怖がってた。クローゼットの中に隠れるほどおびえてたんだ。あれはホームシックなんかじゃない」

ホームズの目の焦点がふたたびぼくに合った。

「場所は？」

「シェリングフォードの近くだと思うけど、よくわからない」

「そこから救い出そう。今すぐにだ、ジェイミー。彼女はどれほど長くそこにいる？」

「ほんの数時間。そんな時間じゃ、あの子の身にひどいことは起きないよね？」

「数時間のうちに女の子の身に起きうるひどいことなど、山ほどある」

「車は手に入る？　どうやって街を出ればいい？」

マイロが口をはさんできた。

「わたしの助けが必要か？」

「いらない」

ホームズとぼくは同時に答えた。ホームズはぼくを引っぱってマイロとモーガン＝ヴィルクから離れ、暗い廊下に出た。

彼女は髪に指を通しながら、廊下を行ったり来たりした。

「だめだ。われわれは一度に一ヵ所しか行けない。どうあがいても無理だ。頼みになる人物を……そう、わたしの叔父だ」

「父さんがいる」

言うなり電話を引っぱり出す。

「メールを送っておくよ」

ぼくはすぐにメールを打った。

〈父さん、シェルビーが危ない。あの子の新しい学校は——何かの隠れ蓑だと思う〉

ホームズがぼくの指先を見つめている。

「ルシアンはコネチカットにある学校のコンサルタントをしている。僻地のリハビリ施設だ。わたしもそういった施設にいたことがある。職員はひどい連中だが、たいてい安全だ。ただしルシアンが関与しているなら、それがどれだけ担保されるかわからない」

ぼくは必死の思いで言った。

「妹はただの女の子にすぎないんだよ」

「わかっている。そのことで状況が改善されればいいのだが」

〈レアンダーを連れて、あの子を救い出して。お願いだから〉

ぼくはメールを送り、携帯電話の電源を切ったけれど、画面から目を離すことができないでいた。安心させてくれる何かが、そこに魔法のように表示されるのを待ちながら。

「その件からひとまず離れろ」

ホームズがぼくを見つめながら言った。

「ふたりを信頼するんだ。お父さんとレアンダーを。あのふたりはもっと始末の悪い事件も処理してきた。それに、きみの妹のことならわたしも知っている。あの子は強い子だ」

「わかった」

と、ぼくは言った。恐ろしいけれど、それが真実だったから。

わずかに間をおいてから彼女が言った。

「ジェイミー。ちょっと話せるか？」

「うん。もちろん」

ぼくたちはまだちゃんと話をしていなかった。

ホームズは少し落ち着かなげに左右の手を曲げた。

「二階に寝室がある。もし、ふたりきりの空間が必要ならば」

ぼくはうなじがかっと熱くなり、次いで凍えるほど冷えるのを感じた
「うん。いいよ」

この家は思ったより広かった。ぼくたちにあてがわれた部屋は長い廊下の突き当たりにあり、廊下は床板がゆがんでいて埃っぽく、壁板も埃で白く見えた。ほかの部屋はどれも鍵がかかっていて使われておらず、冬のあいだずっと窓を閉めきっているみたいにかび臭いにおいがした。

ぼくたちの寝室も幽霊が出そうな雰囲気だった。ベッドには羽毛布団やシーツ類がうずたかく積まれ、椅子やドレッサーがあるものの、すべて埃よけの布がかけてある。それらを勢いよくはぎ取り、ばさばさ振って、その下に価値のあるものが隠れていないか確かめたくなった。だけど、やらなかった。家具は布がかかったままでも美しかった。

ホームズはそんなことには見向きもしない。その手の美しさなどには。

「部屋に盗聴器《バグ》が仕掛けられているかもしれない」

そうつぶやくと、ただちにベッドから調べ始めた。マットレスの触診が終わった瞬間、ぼくはそこにどさっと身を投げ出し、彼女の仕事ぶりをながめた。

こうして彼女とふたりきりになる機会は、もう一年以上もなかった。

気がつくと、変化の徴候がないかと探していた。ホームズの髪の長さはほぼ変わっておらず、黒くてまっすぐ肩までたれている。瞳は今もグレーで、真意を読み取れないところも同じ。彼女はドレッサーの捜索に取りかかり、引き出しをひとつずつ抜き出している。激しいほどの熱心さは、ふたりで事件を追っていたときと何ひとつ変わらない。

まるでミサイルだ。発射されたらだれにも止められず、何千キロと離れた小さな標的にも命中する。その精度は信じられないほど高い。

そこで物思いを打ち切った。この一年のあいだ、ぼくは彼女に悪態をつき、オーガストを悼み、罪悪感と恥ずかしさでいっぱいになりながら、ただひとり壁に頭をぶつけ続けてきた。マンハッタンでたった一時間いっしょにいただけで、彼女を賞賛しているなんて。

本気か？

自分がシャットダウンし始めている気がする。

「どうかしたのか？」

最後に残った椅子から布を払い落としながら、ホームズがきいた。嵐のように埃が舞い立つ。

「なんでもない」

ぼくは咳をしてごまかした。

「何か手伝おうか？」

「もうほとんど終わった」

彼女はクッションの下に両手を入れた。

「待て。これは。待ってくれ」

眉をひそめ、出てきた物体を手のひらの上で調べている。

「これは本物の虫《バグ》だと思う」

「手を洗ったほうがいいかも」

「そうだな」

彼女が戻ったとき、手だけでなくドレスの下半分も洗ってきたのに気がついた。

「これはもはや使いものにならないようだ」

そう言って、気まずそうにベッドの横に立っている。

「がっかりだ。滞在していた家から持ち出してきたのに」

「きみはどこに滞在していたの？」

それしか質問が思い浮かばなかった。

彼女は床に散らばったシーツや枕をかき集めて両手に抱え、寝ているぼくにいきなり投げ落とした。

「どう言えばいいか……きみはグリーン警部を覚えているか？」

忘れるわけがない。オーガスト・モリアーティ殺害の容疑でホームズを逮捕した刑事だ。

「覚えてるよ」

「われわれはかなり前からの知り合いなんだ……ジェームスン・ダイヤモンドの事件のときからだが……それで、彼女に妹がいて……」

ぼくはベッドの上で起き上がった。

「警部の妹の家にいたんだね？」

「ああ」

「ひとりで？」

「わたしはしばらく自分の力だけでやってきた」

その明るい口調はいかにも見せかけのものだった。

「だが、今はレアンダーといっしょだ……きみが知っているかどうかわからないが」

「ぼくは知らなかった。でも、今夜ふたりであらわれたのなら、当然そう思うよ」

「むろんだ」

「ぼくはばかじゃないんだよ、ホームズ」

とたんに彼女の表情が曇った。どうしてそんなロブを打ち返してしまったんだろう。急にこんな強打で。レストランのトイレではふたりで最大の悪夢をこてんぱんにやっつけ、そのあと夜のニューヨークを逃げ回ったというのに、静かな部屋でふたりきりになると、ぼくはまともに話をすることもできない。

「きみをばかだと思ったことなどない。一度もだ。きみも知っているだろう？」

ぼくは自分をこの瞬間にとどめようと必死に努めていた。ぼくたちが今いる場所で彼女と相対するのだ。それなのに、彼女の自己弁護の姿勢がその気持ちを薄れさせる。

「ぼくにそれだけの価値はなかった」

できるだけ落ち着いた声を保つ。

「ぼくには本当のことを話す価値がないと、きみは判断したんだ。行き先さえ教えようとしなかった。警察に逮捕されたとき、きみはひと言も言わずに立ち去った。きみは行ってしまった。あれから一年がたったんだよ、ホームズ。一年も！　ぼくは思ってたんだ、きみが……死んだんじゃないかって」

「きみはわたしの友人だ」

彼女は腕組みをした。

「ただひとりの友人なんだ。もしも自分の行動をだれかに伝えるとしたら、きみに伝えたさ。だが、きみならわたしを信じてくれると思ったんだ」

「ごまかさないでくれ。ぼくたちがヨーロッパでヘイドリアンとフィリッパを追いかけ回したのは、きみがぼくに嘘をついたからだ。そのあとで、まだきみを信じるべきだったのか？　レアンダーはきみの家の地下室にいた。きみはそれを知っていながら、ぼくに黙ってた。そのあとでも、きみを信じるべきだったのか？」

「そうだ」

まるで条件反射のようにそう答えてから、彼女は顔をしかめた。

「いや、むろん信じなくていい。だが、あんなことが起きたあと、明晰な思考ができなかったわたしをきみは非難できるか？」

「オーガストにあんなことが起きたあと、きみはぼくに命令するぐらいには明晰な思考をしてたよ」

彼女が絶望するような顔を向けてきた。

「あれはよい判断ではなかった」

「明らかによくなかったよ」

ホームズは足を踏みかえた。

「ほかに何かあるか？」

「そうだな」

ぼくはベッドの上で膝を抱えこんだ。

「あとは……それで全部だよ」

「それで全部？」

「ぼくは……きみに話したいことがたくさんあった。失敗をたくさんしてきた。ぼくはきみに……破滅させられたみたいに感じてる」

「ワトスン……」

「でなけりゃ、ぼくは最初からずっとこんな感じだったのかもしれない。なぜきみがこんなぼくに長いあいだ我慢してるのか、わからなかった。初めはこう考えたんだ。ぼくはきみほど賢くないし、ただの助手にすぎない、って。きみがぼくをそばに置くのは、ぼくがきみのことを賞賛するからだ、って。ぼくはそれを隠せなかった。本当にそう思ってたから。ただ、きみがぼくに何を求めてるのか、さっぱりわからなかった。ぼくといっしょにいることで、きみが何を得られるのか。そして、きみがいなくなり……ぼくはどこかで道に迷ったんだと思う。ぼくはもう自分のことが好きじゃない。昔は自分を好きだったんだ。少しはね。このところはモンスターみたいにふるまってばかりいる」

「それがわたしのせいだと考えているのか？」

率直な質問だ。

「たぶんね」

ぼくはそう答えてから唾を飲みこみ、ルシアン・モリアーティにトイレの個室から引きずり出されたときからずっと考えていることを口にした。

「ホームズ、ぼくたちがこの状況から生きて逃れられるのか、ぼくにはわからない」

彼女の目はきらきらと輝いていた。

「わたしにはわかっている」

ぼくは無理やり笑ってみせた。

「ほかに言っておきたいことはない？」

彼女は肩をすくめるだけ。

「ホームズ……」

掛け布団やシーツなど、白い山をすべてどかし、ぼくの隣にスペースを作った。

「ここにおいでよ」

少しぎこちなくつけ加える。

「つまり、きみがよければ、だけど」

彼女はおそるおそるベッドの端に腰を下ろした。

「ジェイミー……」

言葉が宙に浮いてそのままになった。

「すまない」

突然、彼女がそんなことを言い出した。

「何が？」

「わたしは……すまない、ジェイミー」

ぼくは待った。ときとして、彼女の考えがまるで空に流れる文字のようにはっきりと理解できることがある。ときとして、彼女は世界で一番理解不能な生きものになる。

「きみと出会ったとき、わたしはまだ……んん、こういうのは苦手だ」

――言葉というものは、あまりに正確性に欠ける。

彼女が以前そう言ったのを思い出す。

――曖昧な意味が多すぎる。しかも、人はそれを嘘に使う。

ホームズの表情は、心の奥の奥から何かを引っぱり出そうとしているみたいだった。

「話してごらんよ」

「わたしは……言葉で表現できるとしたら、それは〝むき出し〟だと思う」

「むき出し？」

彼女は文と文のあいだに長い空白を置きながら話した。

「もしくは〝空腹〟。何年も部屋に閉じこめられ、生存に必要な食料と水だけを与えられていたようなものだ。それから、ビュッフェに連れていかれた。そこには何年ものあいだ食事をしていた人びとがいる。わたしは自分が彼らの一員でないとわかった。わたしは人でさえない。わたしは……ただ欲するものだ。ひどく飢えていたが、そのことがわたしを鋭いものにしていた。世界はあまりに穏やかで、あまりに無関心だ。それゆえ、わたしは世界を憎んだ。……これも正しくないな。わたしは水中で拘束されていたのかもしれない。みずからそこにとどまっていたのかもしれない。きみと出会ったとき、わたしは自分がその終わりにさしかかっていると考えていたんだ」

彼女も膝を抱えた。

「わたしの終わり、だとね。その自己がなんであれ、わたしがその終端部にいたのは事実だったと思う。だが、わたしは自分の手でそれを終わりにしなければならなかった。ひとりきりで。わかるか？　きみとまた会うまでに、最初に戻る方法を見つけておきたかったんだ」

ぼくにはまるで理解できなかった。ぼくはきっと、彼女以上にほかのだれかをよく知ることなどないだろう。

「すまない」

彼女はシンプルに言った。黒い髪が顔にかかっている。

「きみにはわたしの計画を明かすべきだった。わたしはひどく動揺していたんだ。オーガストが死に、ほかの者がみな散り散りになり、攻撃はまだ終わっておらず、きみの身は安全でない。ほかに考えられなかったんだ。〝ワトスンをグリーン警部に引き渡すことができれば、彼はひとまず危険から逃れられる。警部は何をすべきかわかっているだろう〟としか。だから、ほかの手順をすべて省略して、まっすぐその目的に突き進んだ。わたしは焦っていたが、まちがっていた。そして、わたしは……」

「お兄さんをそのまま逃がした」

　ぼくはあえて断固とした口調で言った。彼女はすぐに首を横に振った。

「どのみち兄は逃げただろう。あのとき、だれも兄を逮捕することなどできなかった。おそらくいまだにできまい。兄には潤沢な資金があり、弁護士チームがいるからね。マイロは週に二度は告訴されていたと思う。危機管理チームが二十四時間態勢で対応しているから、サセックス州警察など簡単に手玉に取られただろう。そして今は……わたしにはわからない。兄はおそらく当然の報いを受けるだろう」

「そうなってほしいよ。でなきゃ、責任を負う人間がいなくなるから。オーガストに対する責任を」

「責任はだれかが負うことになるだろう。これを始めたのはわたしかもしれないが、ルシアンを収監することで終わらせてみせる。オーガストを殺害したのが彼でないとしても、わたしはそれで事件の終結と見なすつもりだ。彼の死に責任があるのはわたしかもしれない。だが、わたしは……子どもだし、コンパスを渡されておらず、ひどい決断を下した。わたしは家庭教師の彼を解雇しようと考えていた。そのことによって彼の死の責任がわたしにあることにはならないと思う。そのことによって、わたしが悪い人間とされるかもしれないが」

彼女は背筋を伸ばした。

「だが、わたしは……そうではないと思う」

「きみは悪い人間じゃないと思うよ」

「以前はそう思っていたはずだ」

「もう思ってない」

口にしてみて、それがぼくの本心であることに気がついた。

「わたしはよき者になりたい。愛想がなくても、よき者に。わたしにできるだろうか？」

ぼくは自分の意に反してほほ笑んでいた。

「愛想のないときのきみが一番好きだよ」

ぼくは彼女に触れたいという衝動に懸命に抵抗していたのに、彼女はさっとこちらを向くと、首もとに顔をうずめてきた。ぼくの両腕が持ち上がり、ほとんど自発的に彼女に回された。

「こういうのは苦手だ」

彼女はごしごしと目をこすった。

「この一週間、わたしは泣いてばかりいる。なんのためだ？　きみのためか？　ルシアン・モリアーティのためか？」

「あいつの血をきみのドレスにつけちゃってる。ぼくも泣きたいよ」

「きみはもうあの女の子とつき合っていない」

思わず眉を上げた。

「それは質問じゃない」

「彼女のマフラーをもう巻いていない」

「あのマフラーを巻いてるところを、きみはいつ見たんだ？　あのアパートの階段で？」

彼女の口元に移り気な笑みが浮かぶ。

「情報源がいるのでね」

ぼくは彼女の髪をなでながらきいた。

「この一年、ずっとぼくを監視下に置いてたのか？」

「もしそうだとしたら怖いか？」

ぼくは息を吐いた。

「ちょっと怖いよ」

彼女は身を引き、ぼくの顔を見た。

「きみは怖いと思ってはいない」

「思ってないよ」

「実際には、ホット感があると思っている」

ふたたび笑みがあらわれ、すぐに消えた。

「〝ホット感〟だって？　きみはだれ？」

「つい最近まで、ファッション・ビデオブロガーだった」

言うなり彼女がすばやくキスしてきた。弾みというか、事故みたいだった。

ぼくは静かに「ねえ」と言いながら身を離した。

襟を引っぱられた。彼女の手が下がっていき、ぼくの一番上のボタンを指のあいだですべらせながらゆっくりはずすのを感じる。いかにも彼女といっしょにいる感じだ。気まぐれで間欠的なやりかた。けっして予期できないもの。

ふたりでまたこんなふうになれるなんて思ってもみなかった。

「ホームズ」

彼女の手に触れ、それを両手で包む。ホームズが言った。

「わたしを許してくれるか？」

「なんだか、それで何かを決断するみたいに聞こえるよ」

ぼくは少し怖かった。

「許してくれるか？」

ぼくは答えをためらい、考えをめぐらせた。そう遠くない昔、ぼくは彼女にすべてを求めていた。なんでも話せる相手、ただひとりの親友。コインの表と裏みたいに、ぼくのもう半分でいてほしかった。彼女が王の頭で、ぼくが尻尾。自分がなりたい人物を愛するように彼女を愛し、そのお返しに彼女のあとならどこでもついていき、どんなふるまいも大目に見て、彼女を高い王座にすわらせておこうと奮闘した。

そんなふうに作り上げた彼女の神話が砕け散ったとき、ぼくはどうすればいいかわからなかった。この一年間、彼女についていろいろな思いを抱いたけれど、すべてまちがっている気がする。ゆがめられていた。ぼくが体験から得た彼女に関する知識と彼女本人とのあいだに何枚ものレンズが入っているとき、何が起きたかをどうやって正しく理解できるだろう。

ホームズは神話ではないし、王でもない。ひとりの人間だ。人間とかかわりを持つなら、相手をそのように扱わないといけない。

「今は少しだけ許すのでもいいかな?」

ぼくはきいた。

「明日はもう少し、それから次の日も。……次の日が来れば、だけど」

「それでいい」

と彼女が即答した。まるでぼくの返事が望んだ以上のものだったみたいに。早くしないとぼくがそれを撤回するみたいに。

「きみが何も爆破しないことが条件だよ、もちろん」

「ああ」

「あと、ぼくが眠っているあいだに二度と耳の中を覗かないことも……」

「ああ」

彼女はそう言って笑った。そして、毎度のごとく自分が笑っていることに驚いたような顔をした。笑うことがくしゃみ同様、思わず出ると少し恥ずかしいみたいだ。

ぼくは我慢できずに言った。

「きみに会いたかった」

彼女の両肩をそっとつかむ。彼女が目の前にいる。目の前にいて、この手で触れることができる。ああ、ぼくはなんて運がいいんだろう。突き上げてくる気持ちのままにもう一度言った。

「会いたかった、きみに会いたかった……」

「ジェイミー……」

彼女も抑えきれないように言った。音の感触を試すように、もう一度ぼくの名前を呼んだ。まるで初めて口に出すみたいだった。

「きみはいつからぼくをジェイミーって呼ぶようになった？」

「きみはなぜわたしをシャーロットと呼ばない？」

ささやきとともに彼女の指先がぼくの首筋をなで上げ、見えない線をたどるように頬から唇へと移動した。

「なぜわたしを名前で呼ばない？」

なぜなら、ぼくの大好きな物語から出てきた女の子だから。なぜなら、初めて会ったときに彼女は自分をホームズと呼ぶようにと言い、彼女から何かするように頼まれたら、ぼくはそのとおりにするから。

「そう呼んでほしい？」

「いや」

間髪をいれない返事だった。

「ただ、理由が知りたいだけだ」

「理由は、きみに対して自分だけの呼び名を持ちたかったからだよ」

彼女の目が大きくなり、どう表現していいのかわからない暗さを宿した。

それから一時間たっても、彼女はまだぼくの腕の中にいた。

第二十六章　シャーロット

ノックの音がし、われわれはようやくベッドから起き出した。

「あと三十分で車が到着し、あなたがたをシェリングフォードにお連れします」

マイロの助手はそう言い、包みを手渡してきた。彼女はわれわれのサイズの服を購入し、アイロンをかけてくれていた。この一年間にわたしが自分で買うことができたどの服よりもはるかにすばらしいもので、特に靴は美しい。彼女を大好きになるかもしれないと思った。ちょうどそのとき、わたしは愛にあふれていた。

ワトスンと交替でシャワーを浴びた。部屋に戻ると、わたしは小さくハミングしながらシャツのボタンをとめた。ワトスンは新品の黒い靴のひもを結びながら、うれしそうに笑みを浮かべている。ずっとわたしの靴と同じようなのを一足ほしがっていたのだ。

ひもを結び終えると、彼が尋ねてきた。

「どんな気分？」

わたしにとって、男の子とベッドの中でおこなうありとあらゆることが緊張をはらんだ探査だ。それが永遠の真実だとしても、わたしにはどれだけ長く真実であり続けるのかわからない。今夜、われわれは何度かみずからにストップをかけ、自分たちの行為や、それをどう感じるかについて話し合わねばならなかった。まるで退屈な訓練のように聞こえるかもしれないが、おそらくある意味そうだったのだろう。わたしは気にしない。

わたしがどんな気分でいるか。アラミンタ叔母の養蜂箱のようにぶんぶんうなっている感じがあった。わたしの内部に都市がまるごとひとつ存在するようだった。ワトスンとともにいれば、わたしは常によりよくなれた。この一年は彼との友情を悲しく思い出しつつも、そこから離れたほうがよいと自覚してすごしてきた。そして、今……。

今後も彼との友情を悲しく思い出し続けねばならないだろう。彼とわたしはかつてプラハのホテルでこの状態にあったが、自分たちがたがいにとって何者であるかを再設定できる前に、われわれの周囲ですべてが崩壊してしまった。今夜、彼の黒くてくしゃくしゃの髪は半乾きで、同じシャンプーを使用したため、わたしと同じにおいがする。彼のズボンは少し丈が長く、すそが折り返してある（彼ののどのズボンもそうだ）。肩に関して目新しい点はないが、一時間前にわたしは指先によるマッピングをすっかりすませてある。わたしは彼の肩が好きだ。彼の両手首と両手のひらに触れていると、彼はじっとわたしを見つめた。きみは何を思い出している？　彼の手をつかんでわたしの尻にあてがわせ、彼が過去に三回そこに触れたことがあると指摘した（サウス・ロンドンの書店で偶然に。英国に戻る機内でわたしのポケットから電話を取り出したとき。サセックスの屋敷の洗面所でふたりで歯を磨いているとき、彼が引き出しを開けようとし、その進路をふさぐ位置にわたしがいた）。わたしの身体には今夜のできごとの痕跡が見られないが、彼の上半身はあの悪党に殴られたあざで黒ずんでおり、指の爪の中にはまだ少量の血が残り、これまでにない表情を今もなお浮かべている。油断のない警戒と途方もない悲しみが同居する表情で、わたしが化粧室に飛びこんだ際、ルシアン・モリアーティを殴りつけながら見せていたものだ。わたしは彼を救うつもりで乗りこんだが、彼に必要なのは復讐の天使ではなく相棒だった。

顎にはひげを剃ったときに作った切り傷。わたしはそこを指先で確かめ、唇を寄せたくなったので、そうした。

彼は喉の奥で音を発した。わたしを引っぱって膝の上にのせると、彼の息は荒く、熱くなった。ノックが聞こえたとき、わたしは危うく不満の声を上げるところだった。

「ナイフを隠しておけよ」

彼はそう言い、わたしの表情を見て笑った。彼の両手はわたしの髪の中にあった。

「ミスター・ワトスン、ミス・ホームズ」

ドアの向こうで助手が呼んだ。

「車が来ましたよ」

その感触は何ものにも消されなかった。ドアから車まで走っても。雪に雨が混じり始めても。シェリングフォード高校に行ったときに何が待ち受けているかわからなくても。計画の断片はいくつかあった。ワトスンの助けを借り、わたしが満足もしくは容認できるプランに整理し直すことができた。この一年を理解するために必要な情報の多くは、彼とわたしの手に別々にあったのだ。たとえば、アナ・モーガン＝ヴィルク。わたしが学校にとどまっていたら、彼女の正体をつかんでいただろう。学校からもワトスンからも離れることなく、自分の仕事ができたかもしれない。わたしはルシアン・モリアーティを見つけ出すために立ち去ったのだ、と自分に弁解したとしても、それは半分だけの事実にすぎない。もしあそこにとどまっていたら、自分の作り出した混乱に向き合わねばならなかっただろう。もしとどまっていたら、ワトスンはあのマフラーを巻いていなかっただろう。思いやりがあって機転のきく女の子が彼にキスをしているという想像を、わたしは気にとめなかったにちがいない。なぜなら、ワトスンのことは熟知しており、わたしが不在のあいだに彼の隣には別の女の子がいるだろうとわかっていたから。彼はかなわぬ者にいつまでも恋い焦がれるタイプではない。そう考えたとたん、安心した。すると急に気持ちが高ぶり、わたしは手を伸ばすと、意図したよりもずっと強く彼の手をつかんでいた。彼は眉を上げ、それから指と指をからませてきた。

わたしはどうかしてしまったのだろうか？　ぶんぶんうなるような心地よい感覚は消えないが、何か別のものに変容しつつある。

シェリングフォードの町はしんと静まり返っていた。脇道でエンジンをかけたままライトを消して停まっているパトロールカーを三台まで数えた。ルシアン・モリアーティが、ワトスンが学校に戻ろうとするだろう、と証言したのは疑いない。それでも、われわれの黒い車は静かに闇を切り裂いて進み、パトロールカーはその場にとどまっている。校門を無事にくぐれるかどうかはまた別の問題だ。

「どこか車を停められる路地を見つけてもらえないか？」

町の中心部を通り抜けながら、運転手に頼んだ。

「われわれはトランクに隠れる必要がある」

屈辱的な形でシェリングフォード高校に戻ることになるのはまちがいないが、わたしは気にならなかった。われわれはトランクにすばやく身体を押しこめ、ワトスンは片手をわたしの尻の例の場所に置いた（四度めはコネチカット州、車のトランク内、と心にとめた）。シェリングフォード高校の入口で警官に停車を命じられたとき、運転手は偽の身分証を提示し、コピー機を使用するために戻った教師になりすました。車は科学実験棟の駐車場にゆっくりと進んでいった。

車が停止する。ワトスンが緊張したものの、運転手が後部に回ってきてトランクを開けるまで身動きせずにいた。運転手はわれわれに視線を向けずに前かがみになり——彼の上着のファスナーがわたしの髪に触れるほど——ワトスンの頭の後ろからブリーフケースを取り出した。その短い時間でわたしは駐車位置を把握した。わたしが指示したとおり駐車場の隅で、そこには記憶のとおり密度の濃い低木の茂みが並んでいる。

運転手はブリーフケースを肩にかけ、トランクをそっと閉めた。ラッチはかからなかった。

足音。そして声。

「こんばんは、おまわりさん。コピー機を使いに来ました」

「建物の出入りにはわたしが付き添います」

女性警官の声は険しかった。

「時間はどのくらいかかりますか?」

「授業の準備なんです。せいぜい一時間以内でしょう」

運転手が小テストの内容について話し続け、ふたりが建物の入口に向かう足音が聞こえた。声が遠ざかっていく。

彼らが駐車場に背を向けている今がチャンスだ。運転手は、あたりに警官がうろついている場合の合言葉〝真夜中〟を口にしなかった。われわれに危険はない。

警官が建物内から戻ってきたとき、ワトスンとわたしは茂みの中にいた。彼女が警察車両に戻ったときには、カーター寮の地下トンネル入口にたどり着いていた。

「暗証番号はエリザベスからもうメールで送ってもらってる」

ワトスンが入口ドアに身を押しつけてささやいた。

「5748 2だ」

「きみは身のこなしが以前より静かになったな」

わたしは暗証番号を打ちこんだ。

「どうも。ずっと訓練してたんだ」

ドアがかちりと開き、ふたりで足音を忍ばせながら階段を下りた。

われわれが到着したのは、ワトスンがエリザベスと待ち合わせた時刻より三十分早かった。今夜の時間の流れはアコーディオンを連想させる。われわれが進み続けるあいだ、場所によって時間が拡張されたり縮小されたりする。隠れ家にいた時間はほんの数分に感じられ、コネチカット州へ急行する車内では何時間にも感じられた。そして現在、われわれはワトスンの元ガールフレンドがアナ・モーガン＝ヴィルクの情報を持ってくるのを待っており、それはわたしにとってほとんど既知のものだが、そのあいだにもルシアン・モリアーティが警察を動かして彼を暴行した容疑でわれわれを逮捕させようとしている。

わたしは一年以上も地下トンネルに入っていないが、レイアウトは記憶していた。カーター寮から入るとトンネルは一般教養棟とチャペルへと向かい、そこはワトスンの寮から最も遠い。運がよければ捜索隊はワトスンの寮に配置され、地下にまでは来ないだろう。有能な刑事であれば、シェリングフォード高校の生徒が行方不明になったら地下トンネルを捜せばよいとわかるだろうが、有能な刑事はシェパードしかおらず、わたしの考えでは彼はわれわれの味方である。加えて、エリザベスがメールしてきてから入口の暗証番号は変更されていなかった。そのことがすべてを意味するかもしれない。まあ、何も意味しないかもしれないが。

ひとつだけ確かな事実は、慣習的に照明が点灯してある地下トンネルが、今夜にかぎって完全な闇に閉ざされていることだ。

わたしの手の中にあるワトスンの手。ささやき声。

「携帯電話のライトをつけたほうがいいかな？」

わたしは暗さに目が慣れるのを待ったが、闇はあまりにも深かった。

「だめだ」

壁を手探りする。

「わたしについてくるんだ。音をたてずに」

彼が靴を脱いで小脇に抱えるのがわかった。

ふたりで慎重に進んでいく。通路が折れる手前の左側にドアが三つ並んでいる。発電室、給湯室、かつて雪に閉じこめられた修道女たちが祈禱室として使用した空き部屋。われわれの目的にかなっているのは最後の部屋だ（身を隠して計画の細部を仕上げたい）が、ドアに鍵がかかっていた。ドレスを着ていたとき、大腿部に錠前破りセットをベルトで固定しておいたが、着替えた際に最小限の道具だけ小さなバッグに放りこみ、残りは置いてきた。手元にあるのはスネークワイヤーとテンションレンチのみ。間に合わせの道具だが、汎用性は高い。ピッキングに失敗したら、錠を破壊することもできる。

暗闇で錠前破りをするのは久しぶりだった。最適な道具のない状態では何年もやっていない。

道具を適切な位置に差し入れたとき、ワトスンがわたしの背後に移動した。彼はいつもこらえ性がない。ひっきりなしに足を踏みかえ、指の関節を鳴らし、天井のタイルをこれ見よがしに数える。世界は彼にとってきわめて興味深いものだが、それは単に彼が学んでこなかった部分にすぎない。このような繊細な技に必要なレーザーのような集中力が彼には欠けているのだ。よし、わたしの指の下で錠がまさに屈しようと……。

「ホームズ」

彼がささやいた。

「ホームズ」

わたしが返事をしないでいると、彼は手を伸ばしてきて作業の手を強引にドアから離させた。

「あれが聞こえる?」

作業に神経を集中し、自分の指の音に耳を傾けるあまり、曲がり角の向こうにいる女子生徒たちがたてる靴音に気づかなかった。女子のはずだ。もしくはとてもおしゃれな靴を履いた細身の男子。こつんという音と引きずるような音がそれを示唆している。人数はふたりで、闇の中を無言のままゆっくり歩いてくる。

ワトスンとわたしは軽量ブロックの壁に背中を押しつけた。彼女たちが携帯電話のライトを点灯しておらず、われわれが全身黒ずくめで、カーター寮に続くドアの上の出口表示灯がほかの電力と同様に消えているのは、本当に運がよかった。われわれは事実上、姿が見えない。

ふたりの女子生徒はわれわれのほんの数メートル先で立ち止まった。

ひとりがささやく。

「あなたはここであいつらに会うのよね。いつ？」

「あと二十分」

「なんて言えばいいか、わかってる？」

「アナ、このことは百万回も繰り返したわ。もちろん、言うべきことはわかってる」

とエリザベスが言った。

第二十七章　ジェイミー

ぼくにはふたりが見えなかった。彼女が見えなかった。暗くて何も見えなかった。知覚できたのは、ホームズがとっさにぼくの胸を腕で押し、壁にとどめようとしたことだけ。ぼくが動きたがっているとでもいうのか。

そう望めば、ぼくが動けるとでも。

「あなたはもう行って」

エリザベスが言った。あのささやき声は耳なじみがある。彼女のルームメートが眠ったあと、電話越しにぼくにおやすみを言うときの声。昼食のテーブルで、トムの新しいニットベストのことをこっそりけなすときの声。

彼女たちはしばらく黙りこみ、やがてエリザベスがまた口を開いた。

「わたしを信用してないでしょ？」

今度はささやき声ではなかった。

「信用してるわよ。うちのパパは信用するなって言ってるけど、わたしは信用する」

エリザベスが闇の中でため息をついた。

「あなたのパパが言うのなら、きっと正しいわ。それに筋が通ってる。完全にね」

「パパはわたしをシェリングフォード高校に通わせる必要なんてないのよ、でしょ？　ほかの人たちと同じように、わたしのことをただ忘れてただけかもしれない。わたしがこうやって手伝うのは、パパに頼まれたからじゃないの。ジェイミーとシャーロットはパパの弟を殺したやつらだもん。警察はあのふたりを調べようともしないし！」

「わかってる」

エリザベスの声は確信がないように聞こえた。

アナが強い口調になった。

「たぶん、わたしからあなたのパパに電話するべきね。そして、思い出させなきゃ。ルシアン・モリアーティが……」

その名前を口にするとき、声に誇らしさにあふれていた。

「……あなたのニューヨークのアパートの権利書を持ってるのよ、って。電話一本であなたをクビにできるのよ、って。うちのパパはヴィルトゥオソ・スクールの持ち主なんだから」

ぼくの横でホームズの背筋が伸びた。

エリザベスが言う。

「それが、あなたへの忠誠心を確かめる方法なのよね。機会があるごとにそうやって同じ脅しをかけなさいよ。ほくそ笑めばいいんだわ。さぞかし気分がいいんでしょ？　気持ち悪い」

「お金も気持ち悪い？」

「わたしはお金のためにやってるんじゃないわ」

「だったら、返して」

「まだもらってもいないものを、どうやって返せばいいの？　わざわざこんな暗い場所に来たのは、それを受け取るためよ。あなたへの忠誠心をまた試されるためじゃない」

「電気を切ったのはわたしじゃないわ！」

「ええ、ちがう。あなたは想像上の千ドルを持ってるだけ」

「うるさいわね！」

そう言ってアナが通路を歩き始めた。

「あんたに渡すお金はちゃんと用意するわよ。あんたは趣味の悪い買い物を好きなだけすればいいわ」

アナがそのまま進んでいくと、すぐにエリザベスは携帯電話を取り出し、メールを打ち始めた。画面の光が彼女の髪とつんと上を向いた鼻を照らし出す。目の下には影ができていた。もしも彼女が顔を上げたら、獲物を狙う二羽のハゲワシみたいに凝視しているホームズとぼくの姿が見えたはずだ。

だけど、彼女はこちらを見なかった。メールを打ちながら、遠ざかっていくアナの人影をちらっと振り返り、送信し終わると電話にロックをかけた。画面が真っ暗になった。

ぼくの元ガールフレンドは、ぼくに陰謀を企てていて、ぼくにキスし、嘘をつき、寮の部屋でぼくの正気を失わせたのかもしれない。だけど、彼女はぼくの心の奥底にまで入りこんでいなかった。ひょっとすると、ぼくは最初から心のどこかで何かがおかしいとわかっていたのだろうか。可能性はある。でもそれでは、ありもしない自分の直感力を褒めることになってしまう。

たとえエリザベスが恐喝されていたとしても、たとえその行為が彼女の責任でないとしても、何が起きているのかをぼくに言うことはできた。

ぼくはひどく傷ついていたあまり、エリザベスをちゃんと受け入れなかったのだ。ぼくは孤立するあまり、彼女をひとりにさせてしまった。ぼくは獰猛なほどにホームズを恋しく思っていたのに、本人が隣に戻ってくるまで自分にそんな獰猛さがあると理解できず、だけどおそらくエリザベスは前からそれをわかっていたのだろう。エリザベスは、もしもアナに関する事実を告げたらぼくがどんな反応を示すか、を恐れていたのかもしれない。ぼくから非難されると思ったのかもしれない。そして、ぼくが逃げてしまうと。

ある意味、すべての責任はこのぼくにある。

「早くってば」

トンネルの向こうからアナが呼んだ。

「お金ほしいんでしょ？　もうすぐパパがここに来るわ」

小さく鼻を鳴らし、エリザベスが歩いていった。

今のところほっとできる要素はほとんどないけれど、ぼくはひとまず静かに息を吐き出した。隣でホームズも緊張をゆるめた。

そのとき、彼女の後ろのポケットで携帯電話がメール着信を告げた。

第二十八章　シャーロット

わたしが不在のあいだにシェリングフォード高校で起きるさまざまな事象について逐一報告してくれる者を探すとき、信用できる人物であることが必須だった。情報源の第一候補は明らかにリーナだ。わたしの元ルームメートであり、たがいに信頼し合っているし、彼女は行動力にあふれ、機略に富み、しかもシャワー中であってもメールを瞬時に返してくれる。新しい年度が始まって数週間は、リーナに情報更新を頼んだ。だが、彼女はもはや有効な情報を提供できるほどワトスンと近しい関係ではなくなっていた。

〈彼は元気。だと思う。今日はランチをあまり食べなかったけど、たぶんラグビーのためにセーブしてる。ちょっと太っちゃってたから。そっちは元気?〉

続けてハートの絵文字。探偵の絵文字。ショッピングバッグの絵文字ふたつ。そんな調子だ。

それはわたしの求めているものではまったくない。

彼の私生活の情報は必要でない。もしくは必要でないと自分に言い聞かせている。彼が安全であることだけ知りたいのだ。不愉快ながら兄に助力を求めるメールを書こうとしていた十月のある午後、その電話がかかってきた。電話に応答したのは、発信者番号が非通知だったからだ。叔父のレアンダーだといいのに、と思いながら出た。わたしは叔父とともにいることをいつも願っている。

「わたしのこと、覚えてるかどうかわからないけど……エリザベスよ、去年会った。彼の携帯電話にあなたの番号を見つけたの」

〝彼〟がだれなのか問う必要はなかった。

「変なのはわかってるわ、わたしが電話するなんて。でも、彼はあなたがいなくて、すごく寂しがってるし、あなたが連絡してくれたら彼の助けになると思うの。それが、さよならの言葉であっても」

わたしは返答しなかった。テムズ川沿いにあるお気に入りのカフェでテーブルに着いており、水音がうるさく、電話口の女の子に言うべきことは何もなかった。

「彼が元気かどうかくらい、気にはしてるの？」

わたしは鋭く言った。

「もちろんだ」

「彼女が話してるわ」

寂しげに笑いながら、彼女はそう言った。その瞬間、もしも彼女がワトスンとつき合っていないとしても、その日はすぐに来るだろうと悟った。

とはいえ、彼女がそれを話さないならば、わたしは知らないふりをしておこうと決めた。電話で話しているうちに形になった目的を考えれば、そのほうが好都合だから。

「わたしには時間が必要なんだ。年が明けたら彼に会いに行き、そこで別れを告げるつもりでいる。だが、今は……ときどきメールで彼の消息を知らせてもらえないか？　ブライオニー・ダウンズのときのような事件が起きていないことを確認したいんだ」

彼女にとっての利点。ボーイフレンドの精神的苦痛が終わる日が来る。わたしにとっての利点。ワトスンが無事ですごしていることが定期的にわかる。

当初は、本当にそれだけだった。彼が出願した大学に関して一行。ラグビー部の様子に関して一行。そのような情報はなんの役にも立たないが、それでもわたしは切望した。移動中にも、デスクでも、目覚めた朝のベッドの中でも、彼女からのメールを何度も読み返した。〈ジェイミーは風邪を引いてる〉とか、その二日後の〈よくなってきた〉といった平凡なもの。だれも気にかけないようなこと。

わたしは、そうしたことを非常に気にかけている自分に気づいた。

彼女は引き換えに何を得ているのか？　心理学など持ち出したくはないが、メールを送ることが彼女に支配の感覚をもたらしているのではないかと、わたしは考え始めた。自分のボーイフレンドがいまだに過去の女の子について心を乱しており、ゆえに、その女の子が知る彼の情報を管理することで、あたかも恋愛関係を自分でコントロールしているように感じることができる、と。

むろん、それは事実ではない。他者がどう感じるかはだれにもコントロールできない。たいていの場合、自分がどう感じるかさえコントロールするのはむずかしい。そうこうするうちにクリスマス休暇が来て、新しい年が明けた。エリザベスはわたしが学校を訪問してワトスンと話し合うことを強く迫った。わたしはけっして同意しなかった。すると今週になり、このようなメールが届き始めた。

〈ジェイミーのことが心配。彼の身に何か悪いことが起きてるみたいだけど、わたしには言ってくれない〉

〈彼が校長室に連れていかれた。停学になると思う〉

それを読んで、わたしはエリザベスの意図がわかったと思った。彼女が計画しているのは、わたしを無理やり動かすこと。わたしがワトスンの気持ちをやわらげるために来なくても、彼が危険にさらされていると思えば来るだろう、と。彼女自身の手で危険を作り出さねばならないのなら、そうするしかない。

そんな動機で授業の発表原稿を削除するのはかわいいものだと思ったが、そのときのわたしは、ワトスンの新しい靴に関するメールをむさぼるように読み返している女の子だった。

だが、エリザベス・ハートウェル（そう、ハートウェルが彼女の姓だ）は、どんな苦難にも屈しない強い子だ。今、歩き去っていく彼女を見ながら――暗い通路を遠ざかる彼女の足音を聞きながら――わたしは、彼女をあまりにも低く評価していたことを悟った。家族が危険にさらされるという状況に置かれ、アナ・モーガン＝ヴィルクの計画に協力するよう脅迫され、疑いもなく大切に思っているワトスンを苦しめるよう強要されながら、対抗策として助けになると思われる者を呼んだのだ。その人物がわたしであることを承知した上で。

わたしが受け取ったメールにはこうあった。

〈今夜、あなたがジェイミーといっしょに来るかわからないけど、とにかく気をつけて。ルシアン・モリアーティと娘が地下トンネルにいるわ。警察もそこら中にいる〉

そう書いてあるとわたしが知ったのは、ピッキングに成功したドアからワトスンがわたしの手を引っぱって祈禱室に入り、ドアを閉め、わたしの手から携帯電話を奪い取り、怒りで声を震わせながらその文面を読み上げたからだ。

「〝ジェイミーはトムを許したみたい〟」

　彼は親指でスクロールしながらメールをさかのぼっていく。

「〝ジェイミーのパパがまた車で彼を迎えに来てどこかに行った〟〝ジェイミーが『最後の挨拶』を再読してる。なんだか悲しそう〟〝ジェイミーとわたしは今日ピクニックに行ったの〟……これはいったいなんだ、ホームズ？　いつからこんなことをしてた？」

「声が大きい」

　わたしはそう言った。ほかに何が言えるだろう？

「声。きみはぼくの声を心配してる。なんだよ、それ。メールは……何ヵ月も前の分まである。ホームカミングのときまで。彼女がぼくを誘ってきたときまで。あれも何かの計画のうちだったのか？　きみと彼女の？　くそっ……」

　彼がくるっと向きを変え、わたしの携帯電話の光が軽量ブロックの壁を一瞬だけ照らし出した。

「きみが姿を消したとき、ぼくは最悪のできごとだと思った。でも、これは……これはもっと最悪だよ」

「きみを監視下に置いていたと言ったはずだ。きみが無事でいるのを知る必要があったんだ」

わたしの声は小さかった。

「ルシアンがきみに手を出していないと知る必要があったんだ」

「ああ、確かに彼はピクニックをぶち壊しにするのが大好きだもんな。ラグビーの話。靴の話。彼はぼくの靴をだめにしたがってるんだ。どれも必要不可欠な情報さ。きみはぼくとの関係を絶つどころか、代理人を通じて友だちであり続けてたわけだ」

「きみがトンネル通路で見たもの……彼女は強要されているんだ。みずから望んでアナに協力しているわけではない」

「わかったよ」

彼の口調は険しかった。わたしは彼に近づいて肩に手を置いた。彼はその手をかわすと、靴を胸に抱えながら言った。

「ルシアンがここにいる。このどこかに。アナも。シェパード刑事に電話してよ。レアンダーに電話してよ。なんでもいいから必要なことをしてくれ」

「きみはどうする気だ？」

「ぼくは人生の選択について考える」

状況にそぐわない返答だったが、わたしは受け入れた。この部屋は寒くて暗くてがらんとしており、ワトスンはコンクリート床に靴下の足で立っている。もしもわたしが彼だったらメタファーを探しているところだろうが、代わりにこう言った。

「すまない」

ワトスンが振り返り、わたしをじっと見つめた。わたしの携帯電話は今も彼の手の中にある。画面の光のせいで、わたしはたじろいだ。

「きみはたくさんのことについてすまなく思ってるんだよね？」

と彼が言った。


エリザベスとの待ち合わせ時刻まであと十分しかない。先ほどまでわれわれに計画があったとしても、今はひとつもなかった。最悪なのは、このわたしの裏切り行為が最近の大がかりな裏切りの計画の中ではきわめて小さいとわかっていること、そして、適切な時間（数日から一週間）を与えればワトスンはもはやわたしに腹を立てないだろうとわかっていることだ。そのため、タイミングが悪いこともあり、彼の怒りを真剣に受け止めることがむずかしい。

彼は少しだけモンスターと化している。そうなるのは、彼が人間的であるがゆえだ。

わたしの謝罪は本気で、それ以外の意図はなかった。暗いトンネル通路に飛び出していくのは愚かな行為だとわたしは思うが、ワトスンはそうしてしまった。

　これは嫌な人間の抱く考えだろうか、わたしはちっとも変わっていないのか、わたしが人間として遂げてきた成長はどれも世間とはかけ離れたもので、もっと過酷である日々の活動の場には見いだせないのかもしれず、もしくは、わたしの最悪な部分――だれかを愛するという部分――を引き出したのはおそらくわが欠くべからざるワトスンであり、わたしはそこで〝患者こそが病を治癒させる〟と考え、自分の心を探しに来たのに結局傷つくはめになり、哀れなことにわたしが空っぽの汚い部屋で格言など引用しているあいだにも愚かなわが親友は愚かな自分を殺されに出ていってしまい、そして自分が自分から抜け出す現実的な手段はなく、それを想像する手段もなく、ワトスンが死んでわたしも死ぬか、ワトスンが行ってしまい彼の母親が……彼の母親は生涯の伴侶を見つけたと固く信じており……。静脈が熱くうずいている。血管が恐ろしく焼け、頭は壊れた蒸気バルブとなり、さながらワトスンの実家にある玄関ポーチの下で自分の身体を保存するために早々に雪の中にもぐりこんでいるようで――結局のところ、それはさほど機能しないが――現実には自分を試す目的でバッグの中にオキシコドンを忍ばせてきていたが、分別があったら何ヵ月も前に廃棄していただろうと考え、床に錠剤を投げ捨てるなり、靴のかかとで踏み砕いた。

　ほら、このとおり。

ルシアン・モリアーティがトンネル通路内にいるのなら、わたしが見つけ出し、自分の手で決着をつける。不意に、わたしはだれかをこじ開けねばならないのだと気づいた。わたしは床一面に彼の血がこぼれるのを見ることになるだろう。

第二十九章　ジェイミー

人生において、ぼくは愚かな行為をいくつもしてきた。身勝手な行為もしてきた。ときには善意の行為もあったけれど、それで危うく死にそうにもなった。

今のぼくのふるまいにはその三つが同時に含まれている。

問題はホームズではない。もしくは、問題はホームズであり、問題はエリザベスでもある。あとは恐怖。睡眠不足。完全な暗闇の中で制御不能なこと。それから、(a)ホームズがぼくに隠しごとをしていたことが、まさに同じ理由で彼女が謝罪してから二時間もたたないうちにまた発覚し、(b)今や〝元〟がつくことが確定したガールフレンドが、ルシアン・モリアーティの不義の娘と口論めいたことをし、(c)ぼくの妹がどこかで拘束されているのに、何が起きているのかもわからず、(d)トンネル通路内をルシアン・モリアーティが歩き回り、ぼくを殺そうと捜しているかもしれず、(e)徹底的にまぬけなぼくは、事態について何ひとつ明瞭に考えられず、なんら計画も立てられず、ただ自分の激しい鼓動を聞いているだけで、(f)不安からホームズに猛然と食ってかかった(なぜなら、何ひとつ変わっていないから）あと、以前にセラピストから教わった歩いて気持ちを落ち着ける方法を実践したくなり、（g）確かもう（g）だよね、謝っていたらとっくに終わっていたはずの数分間をむだにし、ようやくドアノブに手をかけたとき、もはや手遅れだと知った。

今ではぼくは、撃鉄を起こしたときに拳銃がどんな音を発するか知っている。

「どこへ行くつもりだ？」

背後から聞こえたのはルシアン・モリアーティの声だった。

心のどこかで、彼はそのセリフをだれかに言う機会を何年も待っていたんだ、と考えつつも、ぼくは悲鳴を上げていた。

「手をあげろ」

彼はウェールズ訛りをきれいさっぱり消し去っていた。その声はまるでオーガストがぼくの死刑執行を準備しているみたいで、ぼくはすっかり気力が失せた。

「わかった」

ぼくは言われたとおりにした。ばか正直に。彼にぼくの姿が見えるだろうか。通路がこんなに真っ暗闇なのに。

「パパ」

どこか遠くのほうでアナの声が聞こえた。

「パパ、わたしは何をすればいい？」

「ライトを」

目の前のブロック壁が急に明るくなった。

「こちらを向け。ゆっくりと」

ぼくはおそるおそる後ろを向いた。ルシアンはシルエットだったけれど、唇が切れて両目のまわりに黒いあざができているのがわかった。両手でかまえた拳銃。娘が持っていると思われる携帯電話の光が背後から強烈に放たれている。

「膝をつけ」

ぼくは苦労して床にひざまずいた。

「パパ？」

アナの声は今度はおびえて聞こえた。

それを無視してルシアンが一歩近づいてくる。さらにもう一歩。拳銃を持つ手は微塵も揺らがない。

「さて」

ほんの一メートルの距離で彼が言った。

「われわれはこのままじっと待つ。煙が見えたら、そこには炎があるものだからな」

突然、ぼくの背後でドアが開いた。

「ルシアン」

ホームズが踏み出してきた。背中にのしかかってきそうなほど近くに感じられる。

ルシアンは銃口をぼくの顔からはずさずに言った。

「きみは挨拶などをいっさい抜きにして、話を始めたいのか？」

「どの話だ？」

彼女の声は落ち着いていた。

「わたしがオーガストにしたことを謝罪しろという話か？　またそれなのか？　きみは電話すればすんだものを。もしくは、わたしの両親を恐喝した件か。前回はきわめて首尾よく運んだな」

「確かにそうだ」

「そのせいで、きみの愚かな弟が死んだな？　わたしの意見ではひとつの勝利だ」

ホームズの声には薄笑いが感じられる。

アナのライトが激しく揺れた。ぼくは光に目をふさいだ。ホームズのオーガストに対する中傷にも目をふさいだ。彼女の本心ではないとわかっていても。

ルシアンが振り向きもせずにアナに告げた。

「手を動かさずにおけ」

「きみは電力を復旧させることもできた。だが、これを……この対決をいくらか劇的にしたいのだろうね」

ホームズの挑発に、ルシアンは切れた唇を吸った。

「きみはいつも生意気な口をきかずにはいられないのだな。弟からよく聞かされた。弟はきみの父親からもらうわずかな金ではイーストボーンのひどいワンルーム・アパートしか借りられず、そこに戻っては缶詰の豆を食べながらわたしに電話してきて、こう言っていた。『彼女はオオカミに育てられたみたいだ』」

ぼくは飛び上がるのをどうにかこらえた。ルシアンはぞっとするほど模倣がうまい。オーガストの抑えた率直さや不安がまるごとそこに感じられた。

「こうも言っていたな。『彼女は権威というものを理解していない。自分が最大の権力を有すると思っている。とても頭のよい子だが、彼女にとって彼女自身こそが危険な存在なんだ』と。そうして論文の仕事に戻っていく。弟の悲しき見習い期間。下積み生活だ。わたしが支援すべきだったが、弟はくだらん職業を望んだ。きみの父親が大学で職を見つける手助けをしてくれると考えていたのだよ、何本か電話をかけて……」

そこでルシアンの目がすがめられた。

「わが弟。あの子はいつもそんな調子だった。自分の気概を証明しようと固く心に決め、自分の姓に反してよき人間であろうとした。ある意味、自業自得だと考えずにはいられない」

「確かにそうだ」

ホームズがこだまのように答えた。ルシアンが続ける。

「あれほどすぐに人を信用してしまうのは意図的なもので、けっして本能ではない。動物的感覚を押し切ってしまうのだ。一方、わたしの感覚は当初からこう告げていた。きみは処分の必要な犬であると。だから、ここにこうしているわけだ。きみがまだ生き長らえているからね」

「退屈な話はそれで終わりか？」

ホームズの問いに、アナのライトがまたぐらついた。すかさず彼女がアナに言う。

「代わりにわたしが持ってやらないとだめか？」

「電話を寄こしなさい、アナ」

とルシアンが手を伸ばした。

「そして、われわれのささやかなサプライズを用意するんだ」

アナがよろめくように進み出て携帯電話を彼に手渡すと、一秒間だけ光がそむけられ、すぐにまたルシアンが携帯電話をこちら向きにかまえた。アナの足音がトンネル通路を遠ざかっていく。

「どこまで話した？」

ホームズの声は鍛えられた鋼のようだった。

「きみが自分の弟を嫌っているふりをし、自業自得だなどと言ったところまでだったか？おかしなものだ。仕草を徹底的に読ませない人物のそばにわたしがいたのは、かなり前のことだ。きみの顔からは何も読み取れない。政治にかかわってきたたまものなのか？　みごとな手並みだ。きみに電話帳を読んでもらうほうがまだましだろう」

「きみに認めてもらえて、たいへんうれしいよ」

彼はうなるように言った。

「きわめてみごとだ、ルシアン。きみの視線はけっして揺らがず、左右どちらにも向けることがなく、まぶたさえコントロールされている。軽率なまばたきもしない。手も同様だ。不動で、むろん足を踏みかえることもない」

こんな状況でも、彼女の声に満足が感じられた。こんな絶望的な状況でも、彼を読み取ることに喜びを見いだしているのだ。

「にもかかわらずきみの感情が透けて見えるのが、なおさら感動的だ」

「なぜきみの話につき合っているのか、わたしに思い出させてくれたまえ。なぜきみを撃ち殺さずにいるのか、思い出させてくれ」

ルシアンの言葉に、ホームズはため息をついた。

「なぜなら、きみは何年も殺害の機会を持ちながら、そうはせずにわたしをもてあそぶことに決めたからだ。この一年間、わたしは閃光弾を打ち上げていたんだ、ルシアン、きみはいつでもわたしを仕留めることができた。いや、ちがう。これは報いの話なのだな? すなわち、きみが弟を失ったと考え、やがて生きているとわかり……そして、二度めに失ったから。わたしのせいで」

ライトが揺れた。ほんのわずかだったけれど。

ぼくは頭が痛くなってきた。光に目をすがめ、一方の膝からもう一方の膝に体重をのせ替える。何も考えまいと、痛みに神経を集中させようとした。

ホームズはただウォーミングアップをしているにすぎない。

「これは、きみが自分の望むような世界を作るということだ。きわめて興味深い。人は道徳観念とまったく無関係な行為から思考し、それでいながらずっと独自の行動規範で生きている。所定の役割を演じている分には、それでもまったくかまわないだろう。ヘイドリアンとフィリッパ……きみのあまり頭の切れない弟と妹は実に退屈な人物だが、彼ら自身の商売においてはなかなかできる。世界の若き支配者であるきみは、英国政府を陰で動かしている。そしてきみの弟、罪のないオーガスト。彼は知的生活を送り、数学に取り憑かれていた。それ以上に純粋なことをきみは思いつけるか？　きみの汚い取引から最も遠いことを？

だが、それが泥にまみれてしまった。仕事をするためにわたしの屋敷に来たとき、彼は泥だらけになったのだ。すべての始まりはあそこにあった。車のトランクに積まれた薬物でもなく、わたしの愚かな恋心でもない。それは、オーガストがわが家の玄関をくぐったときに始まったのだ。彼が政治的な動きを始めたときに。なぜなら、あれは政治的な決断だったからだ。そうだろう？　彼はわたしの父の援助を望んだ。わたしの父は、どれほどひどい行為をしようと、その姓のおかげできみよりは気品があるのだよ。世間の目から見れば、きみたち一族はいつだって気品が足りない。なぜなら、きみたちはモリアーティの家に生まれたから」

「みごとな分析だな。その心理学講座を受けるのにいくら支払った？」

ルシアンの声はがさついていた。彼の表情を見られたらよかったのに。

ホームズが続ける。

「わたしはこのことについて長い時間をかけて考えてきた。考えをまとめるのに相当な時間を費やしたんだ。たとえば、オーガストの死後、きみがなぜ方針を変えたのか、わたしはわかっている。ああ、確かに、わたしに嫌がらせをするのがきみの趣味ではあるが、弟が死ぬ前はそのことにかかりきりではなかった。ブライオニー・ダウンズについては、きみは何本か電話をかけて励ましただけで、その先は彼女にまかせた。ヘイドリアンとフィリッパについては、靴ひもを結ばせるほどにも信用していないから、わたしの殺害をまかせるなどもってのほかだな。わたしの母親に毒を盛ったこと……あれはきみ自身が手配したと確信しているが、直接手は下さなかった。だが、今のわれわれを見てみろ。全員がひとつになった幸せな家族だよ。率直に言って、ルシアン、ワトスンの母と結婚だと？　彼の妹の誘拐だと？　スタンドプレーであることは、きみもわかっているはずだ」

「深い悲しみがそうさせるのだ」

ルシアンがまだそこに立って彼女の話に耳を傾けているのが信じられない。ぼくがまだ生きているのが信じられない。

「むろん、きみは深い悲しみの中にある。だが、悲しいからといって、きみは全寮制学校に通う十代の女の子を追いつめるために人生を投げ出したりしない。いいや、理由はそれ以外にある。

わたしの考えはこうだ。オーガストが死んだと思ったとき、きみはうれしかったのではないか？　安堵したのではないか？　きみは弟を台座の上に戻すことができ、彼のちっぽけで厄介な人生の選択によって物語が汚されることがなくなるから。弟をふたたび聖人に祭り上げることができるから。

そして、弟がホームズ一族の屋敷でホームズのひとりの手によって二度めに死んだとき、きみは物語を書き直す方法を見つけた。わたしのような女の子、わたしのような悪者。わたしには利用価値がある。モリアーティ一族が最初からずっと被害者だったとしたら？　なんと恐ろしいことに、彼らのほうがヒーローだったとしたら？」

ルシアンの怒声を聞いて、ぼくはホームズが勝ったのだとわかった。

「その口を閉じろ」

そして、彼女の勝利にはなんの意義もないとわかった。これっぽっちも。

なぜなら、ぼくはいまだに彼女の足元でひざまずき、ルシアンに殺されようとしているから。ルシアンにとってぼくはゴミのつまった袋同然で、どうしても中身をぶちまけなくてはいけないようだ。

この分だと、ぼくが刑務所に行くことはないだろう。ホームズが何を考えているのか、顔を上げて見てみたいと心から思ったけれど、怖くて頭を動かすこともできなかった。

だれかがもみ合うような音。そして、ドアが開く。

「小娘」

ルシアンが言った。小柄な人影があらわれた。女の子で、頭に袋をかぶせられている。

「ここに来い」

女の子が動こうとしないので、彼がもう一度言った。

「来るんだ」

ルシアンのライトが一瞬またたいたあと、ぼくたちは暗闇に包まれた。

「ぐずぐずするな」

ぼくはまわりの世界をほんの少しだけ鋭敏に感じた。何かが変化した。小さな何かが。

かちりという物音。どこから聞こえたんだろう？　ぼくの背後から？

単なる希望的観測だろうか？

たぶんそうなのだろう。なぜならルシアンには聞こえなかったみたいだから。

「わたしの腰にあるホルスターから拳銃を取り出せ」

ルシアンは女の子にそう言うと、ライトを点灯させた。光が床を舐める。

なぜ拳銃が二丁も必要なのだろう？

女の子がホルスターに手を伸ばし、ルシアンの気がわずかにそれたとき、ホームズがぼくの脚の上に小さくて硬いものを落としてきた。床に膝をついて後ろに伸ばしているふくらはぎの上。そこはルシアンから死角になっている。ホームズは靴先で床を一回軽くたたいた。念を押す合図。目的があって何かしたということをぼくに知らせたいのだ。

「その銃をシャーロットに持っていけ」

女の子はルシアンに言われたとおりにした。彼女がゆっくりとすり足で進んでくる。近くまで来たとき、ぼくは空想がうごめき出すのを感じた。ルシアンがアナを呼び戻したのだとぼんやり考えていたけれど……この女の子は彼女より小さい。ほんの少し。本当だろうか。単なる気のせいだろうか。

確かなのは、女の子がグレーのコンバースを履いていて、左右のひもがちがうこと。片方はピンク、片方はグリーン。

妹のシェルビーがあんな靴を持っている。

ぼくは低い声で言った。

「ホームズ」

「ワトスン。わかっている」

「黙っていろ！」

とルシアンが怒鳴った。彼が身を震わせているのが見えた。

「話をするな！　ふたりとも言葉を発したら、そこであっさり終わりになるぞ。そこだ、シェルビー」

ルシアンが自分の拳銃をかかげ、銃口をホームズに向けた。彼のライトがぼくの顔、そして肩を照らしていく。

さらに脚の後ろ。

ぼくは息をのんだ。

シェルビーが立ち止まる。妹はそこで動かずにいる。それから、ホームズに拳銃を手渡し、背後から光に照らされながら後ずさっていく。頭に麻袋をかぶせられた姿は、何かのゲームみたいであり、物語に出てくる悪魔みたいでもあった。

ルシアンがシェルビーに告げた。

「床に膝をつけ。わたしの足元で」

ぼくはこらえきれずに言葉にならない声でうなった。

ルシアンが命じる。

「シャーロット、銃を天井に向けておけ。これが決着をつける方法だ。きみはわたしの指示にしたがうのだ。さもないと、わたしはここにいる小娘を撃ち殺す。了解したか？」

「ああ」

ホームズの声はしっかりしていた。

「では、左へ三歩移動したまえ。銃は上に向けたままだ。よろしい。向きを変え、その坊やに背中を向けろ。それでいい。その銃は……おっと、きみはすでに事情を飲みこんだようだな。利口な子だ。その銃はシェルビーの頭に向けろ」

ぼくはこらえきれずに首をねじり、ホームズを見つめた。確認が必要だった。彼女の青白い顔、長く伸びた両腕、その先で握られた拳銃。

ルシアンが静かに笑う。

「きみは無口だな、ジェイミー。わたしに質問はないのか？」

「ホームズ」

とぼくは言った。

「ホームズ……お願いだ。ルシアン、こんなことしないでくれ。頼むから。彼女に……彼女にぼくを撃たせろ」

「きみを？」

ぼくは唾を飲みこみ、続けた。

「そのほうがもっと効果的じゃないか？　彼女が親友を殺すんだよ？　あんたが彼女を、

もしかしてぼくを、罰したいのなら……」

「そこまでだ、わたしの動機を推理するのは。残り時間はあと一分しかない。だが、まあいい、きみに合わせてやろう。わたしはきみを罰している。きみがどうにかしてこの窮地を脱したとしても、きみの人生が完全に破壊されることになるというのはどうだ？　どうしたら妹の命を救えたのだろうと、夜ごと自分に問い続けながらすごすのはどうだ？　もしくは、レストランの化粧室で新しい義理の父親をめった打ちにした息子を犯罪者だと思いながらホテルの部屋で泣いている母親が、この場所できみの死体が見つかってきみの元ガールフレンドが連行されたときになんと言うかな？　彼女には守ってくれる者はない。思いやりのある両親もなく、兄弟もおらず、ワトスン家にも受け入れてもらえない。金もない。たったひとりきりだ」

彼が小さくハミングした。

「わたしは自分の影響力を行使し、シャーロットを強制収容させたいと思っている。彼女の助けになるかもしれないすばらしい病院を、わたしはワシントンＤＣに一ヵ所知っている。そこにすでに部屋をひとつ用意してあるのだ。正直、室内には大したものがないが、彼女はさほど多くを必要としないだろうし……」

ぼくは身の毛がよだった。

「ないよ。あんたに質問なんかない」

ルシアン・モリアーティの独白に耳を傾ける気はない。たとえホームズが何か脱出計画を思いついて、ここから出るために使う拳銃かナイフか爆弾をぼくに落としてよこしたのだとしても、それに手を伸ばしたら、きっと先にシェルビーがルシアンに撃たれてしまうだろう。

たぶん、ぼくにはそれを試すだけの勇気はない。

だとしたら、もうおしまいだ。

「シェルビー」

ぼくは必死の思いで呼びかけた。

「大丈夫だからな」

「この子に話しかけるな。さもないと、きみたちを三人とも殺すことになる。考える時間を一分間やろう、シャーロット。ジェームズ、きみにはガールフレンドの気持ちを変えることを許可しよう。シェルビーの命か、彼女の命か、だ」

ぼくには目の前の光景がよく見えなかった。携帯電話から放たれる光が世界を明るく平板なものにし、細部を消し去ってしまっている。ホームズはまるで絵のように見える。モノクロのスケッチだ。長くて黒い袖、震えている白い手、拳銃。その銃口は今はまっすぐぼくの眉間に向いていた。

　ぼくたちの距離は、彼女が唇をきつく噛みしめているのがわかるほど近い。

「ねえ」

　ぼくは声をかけた。

「ねえ、大丈夫だから」

　彼女がささやき返す。

「いいや。むろん、そうではない」

「ぼくは大丈夫。きみも大丈夫さ」

　ホームズが強くかぶりを振った。

「わたし？　今話しているのはわたしのことでは……」

「そうなんだよ。ぼくたちはその話をしてる。ホームズ、ぼくにはこれを決められない。きみと妹のどっちかなんて。ぼくには……とうてい……きみがどんな選択をしても……そのとき、むずかしい部分はほぼ終わってるわけだし」

　彼女はまだ首を横に振っている。

「わたしはこうなるだろうとわかっていた。きみがこれを止めることができないかどうかを知ったところで、なんの意味がある？」

シェルビーが両膝をついたまま身体を前後に揺らしている。

「ちがうんだ。ねえ、きみだってこれを変えることはできなかったよ。だから、心配しないで……」

「わたしは自分の心配などしていないんだ、ジェイミー、残念だが……」

「このほうがいいんだ。こうやって、きみは事態をコントロールできる。どこに向けて撃つべきか、わかってるよね？　これが早く終わるように。シェルビーのために」

ぼくは唾を飲みこんだ。

「それで……それでいいんだ。そのほうがいいんだ。わかった？」

「きみは、わたしが彼女を死なせるだろうと考えている」

「自分が何を考えてるか、わからない。考えることなんてできない……」

「きみに逃げるよう言っておくべきだった」

彼女がささやき、それを聞いてぼくは少し笑った。ほかに何をすればいい？

「きみはちゃんと言ったと思う。でも、きみのことになると、ぼくはつい強情になるから」

ホームズがうなずく。その目をぎゅっと閉じた。

彼女がふたたび目を開けたとき、ぼくは彼女が怒っているのに気がついた。

「事態はこれ以上悪くならない」

彼女の口調はほとんどぼくに命令を与えているようだった。

「むずかしい部分はほぼ終わっているんだ」

――事態はこれ以上悪くならない。

ルシアンが鼻を鳴らした。

「なんと愛らしい。もう終わったか?」

――むずかしい部分はほぼ終わっているんだ。

ホームズが不明瞭な声で言った。

「ひとつ明確にしておきたい。わたしが彼女を撃つことを拒んだら、何が起きる?」

「わたしがきみを始末する」

彼の凝視が彼女にちらっと移る。

「次にシェルビーだ。そんなことでわたしがきみから視線をはずしておくほど愚かだと思ってもらっては……」

ルシアンが最後まで言い終える時間はなかった。彼の視線がぼくからそれた数秒間に、ぼくはホームズが脚の上に落とした拳銃をつかみ、暗闇に向けて二発撃った。

一発はドアを通り抜け、自転車だらけの部屋に飛びこんだ。その銃弾はもう少しでシェルビーの肩に当たるところだった。引き金を引く瞬間、通路にひざまずくぼくのまわりで世界が狭苦しいほど小さくなったので、妹がそこで膝をついていることを忘れてしまった。だけど、妹に怪我はない。ただし驚いて悲鳴を上げ、携帯電話を落とし、頭から袋をはぎ取った。

それはシェルビーではなかった。アナ・モーガン＝ヴィルクが、ぼくの妹の靴を履いて膝をついていた。ルシアンは名誉殺人の名のもとに実の娘を亡き者にしようとしたのだ。

ぼくの放ったもう一発の銃弾はルシアン・モリアーティの脚に命中した。まぐれ当たりだ。ぼくは今まで銃なんか一度も撃ったことがないんだから。

ルシアンは叫び声を上げている。その場に激しく倒れ、大きな声で。ぼくは何も考えられない。彼はまだ拳銃を持っているのか？　いいや、ホームズが確保しただろう。ぼくはリノリウムの床に四つん這いになり、吐き気で胃がむかつき、視界が消え失せた。それとも光のせいか。気絶できたら、どんなによかったか。たぶん銃声の影響で耳の中にたくさんの雑音が聞こえる。ぼくは自分を順応させようと試み……。

すばやい足音がこちらに向かってくる。

ぼくはもがきながら壁まで後退し、両手をあげた。アナか？　アナなのか？　彼女がとどめを刺しに来たのか？

ようやく目の焦点が合った。

エリザベスだった。制服のブレザーを着たエリザベス。

「リーナが警察に電話したわ」

そう言ってぼくの横にしゃがむ。手を取ろうとしてきたけれど、ぼくはさっと身を引いた。今はさわられたくない。顔を見ることさえできない——ホームズの拳銃を握ったまま、ぼくは天井を見上げていた。エリザベスが手を伸ばしてきて拳銃を取り上げ、安全装置をかけた。

「ジェイミー、大丈夫よ。見て。ルシアンの銃もわたしが回収した。わたしが二丁とも持ってるから。ほらね？　わたしの声が聞こえてる？」

ぼくはうなずいた。

彼女はぼくを安心させようと話し続けている。

「もう大丈夫。アナはわたしを見張ることになってた。だから、わたしはここに下りてたんだけど、彼女が父親と会って舞い上がってたから、その隙にわたしはなんとかポケットからリーナにメールを送ることができて、リーナによるとシェパード刑事がもうじきここに来るみたいで、彼女には練りに練った計画があったんだけど、それができなくて頭に来てるんじゃないかしら。でも、大丈夫よ。たぶん、シェパード刑事が待機してたのは、連絡を聞いて……」

エリザベスがホームズを振り返った。
ホームズは血を流しながら、ものも言わずに横たわっていた。

第三十章　シャーロット

時間が断片的かつ現実離れしたものになった。しばらくそのような状態だった。わたしが覚えているのは……。

1. ワトスンが銃を手探りしているあいだに、わたしの肩を撃ったルシアン・モリアーティ。
2. 発砲したときのルシアン・モリアーティの顔つき。天国の門を見た天使さながらといおうか、高揚感といおうか。たいへん興味をそそられる。
3. 人びとがテイクアウトを頼もうと考えるのと同じ要領で、「ああ、わたしは撃たれたのだ」と考えていたこと。
4. 叫んでいるワトスン。ストレッチャー。さらに多くの叫び声、その大半はワトスンによるものだが、騒ぎにシェパードの声が加わったように思った。闇。鮮やかな痛みのかけらで彩られ、攪拌された闇。「モルヒネはだめだ、よせ、わたしは薬物

依存者なんだ」と言うわたし。もしくはそう言ったと思っただけかもしれないが

——酸素マスクを通して周囲の者は聞こえただろうか？　電子音が鳴っているモニター画面。

5. 母を呼んでほしいと訴えたことも覚えている。

5b. 母は来なかった。代わりに兄が来た。

6. エレベーター内でワトスンを怒鳴りつけるマイロ。いわく「これはきみの責任だ、きみの過ちなのだ、愚かな子どもめ……」

7. モルヒネ。壊れて赤信号が点滅している体内にあっても感じることができるもの。より強く感じられた。

8. プラスティック臭のする暗い部屋にいるレアンダー。病室だろうか。何か言っていたが、わたしには聞き取れなかった。夕食のトレーに全国紙が置かれ、政治面が開いてあった。だれかが丸で囲んだ見出しにはこうあった。〝モーガン＝ヴィルク犯人追跡にひと役　英・逮捕劇〟。

9. わたしを事情聴取するシェパード。彼は翌日も、その次の日もわたしを取り調べ、彼がいないときでさえわたしは夢の中で尋問された。「きみはいつから知っていた？」「スコットランド・ヤードのだれかと連絡を取っていたのか？」「アナ・モ

ーガン＝ヴィルクに何が起きた？　彼女は姿を消した……」

10.

そして、ワトスン。ワトスンは毎日来て、レアンダーと並んで硬質プラスティックの椅子にすわっていた。看護師と話をするワトスン。うたた寝するワトスン。彼はいつもそこにいた。わたしが睡眠および覚醒と悪戦苦闘しているときも、まだ何もしゃべれないときも。わたしの見る夢が一面の激しい嵐のときも。ワトスンはそこにいて、ついにはいなくなった。

第三十一章　シャーロット

二週間後

いまだに片方の腕を動かすことができない。

肩も動かせない。首もだ。理学療法士がいて、小さな動作をいっしょに訓練している。それは単純で、きわめて退屈だった。

モルヒネからの離脱症状は単純どころではなかった。オキシコドンもモルヒネもさして差異はない。オピオイド全般において、わたしの肉体がそこから抜け出す経過は同じで、とても気分が悪い。

経過自体はうんざりするものの、その時点では吐き気は消失しており、鼻水が止まらず、目に涙がたまってしかたなかった。叫びながら夢から覚めることもしばしばあった。わたしはどういうわけか、今回の離脱がいつもと別物であることを願っていた。だが、そうはならなかった。微塵も。ただ、絶え間なくあくびが出るのは今までにない症状だった。わたしの肉体は睡眠を求めるくせに、それをわたしに許さなかった。夜はテレビを観てすごした。壁にボルトで固定された画面に流していたのは、たいてい男たちが家をリフォームする番組だった。彼らは「これはいい骨組みだ」とか「内装《ガット》だけを取り壊す」などと話す。内装を取り壊す回を見ていたら、胃《ガット》が激しく痛みだしたので、病院ものの番組に切り替えた。

　病院ものは少なくとも看護師たちを嫌な気分にさせ、それはわたしにとってせめてもの勝利だった。病院において最悪なのは、とにかくなんでも求めに応じさせられることだ。美術展の展示物さながらに、ぽかんとした顔で動かずにいて、あらゆるアングルから観察され、解読される。わたしの英国訛りについてあまりに何度も言及されるので、対抗してテキサス人っぽく話してやった。白衣を着た大勢の人間が〝ミス・ホームズ〟と呼ぶ。厚かましい依存症専門医からは〝チャーリー（〝シャーロット〟の愛称のひとつ）〟と呼ばれたが、わたしはそれが気にならないことを発見した。

　レアンダーはその呼び名を嫌ったと思う。叔父はほとんど四六時中わたしのベッド脇にいた。病室で見られるその手の行動——患者を過度にいたわる親類——について本で読んだとき、背後で電子音が鳴っているあいだ彼らが患者の手を握って泣いたりするのは耐えがたいほど憂鬱だろうと思った。実際は想像とだいぶちがった。レアンダーはいつもブレザー姿だったが、シャツの首のボタンをはずしたままにしていた。かなりの時間を数独パズルに費やしていた。小説や詩集、新聞を読み聞かせてくれた。ほとんどの場合は新聞で、作品をこき下ろす映画批評記事を好んで選んでは尊大な声色で朗読し、ネタ切れになると高評価の記事に移った。われわれは観るべき映画リストをいっしょに作成した。わたしが『エイリアン』を未見だと知ると、叔父は愕然とした。エイリアンが人間の胸を破って出てくるシーンを叔父が再現してみせたあと、今度はわたしが愕然とした。

　ジェームズ・ワトスンが花束を持ってきてくれたが、息子は同伴していなかった。妻も連れてこなかったが、おそらく意図的だと思う。というのも、彼とレアンダーは連れ立って廊下に出ると、かなり大声で口論していたから。「シェルビーがあの人里離れた学校に行くわけがない。危うくきみの息子がやられるところだったんだぞ」とか「むろん彼はきみのことを嫌っていないよ、ジェームズ」とか「被害者ぶるな。きみはもとからそうだ、自分で立ち直るんだ」とか。それから、ふたりはナースステーションから〈コネクト4〉ゲーム（スリットにコイン型の駒を落として四目並べをする遊具）を勝手に持ち出してきて、対戦をわたしに観戦させた。わたしはワトスン氏が勝利するほうに賭け始めた。うまい戦略ではないものの、そのことが叔父をひどく怒らせた。ジェイミーの父親が同席している範囲で一番の怒りようだった。

　シェルビーがやってきた。わたしはいつだってあの子が大好きだ。彼女の熱中するものとか、楽しそうな声とか。シェルビーの顔はワトスンとよく似ている。病室に入ってくるなり、「その話はしないわ、落ちこんじゃうから。それよりYouTubeで動画でも観ない？」と言い、そのあと、わたしの髪を三つ編みのおさげにしてくれた。わたしのために一ダースのオールドファッション・ドーナッツをこっそり持ちこみ、靴を脱いでくつろぎながら、そのうち十個を自分で平らげ、ほとんど理解不能なほど早口でまくし立て、シャツには粉砂糖をひと粒しかこぼさなかった。

彼女があまりに兄と似ているので、わたしは泣きたくなった。だが、泣く代わりに髪を結ってやり、彼女を驚かせると同時に喜ばせた。

彼女とわたしのどちらの命を選ぶかなど、実際、考えたこともない。

リーナはトム抜きで来た。あんなだめなやつは見かぎったと言っていたが、卒業まであと三ヵ月あるし、リーナがニットベストを着た男の子にぞっこんなのはわかっている。

グリーン警部が電話してきた。それから、シェパード刑事も。わたしに対する事情聴取は満足のうちに終了したとのことだった。わたしは刑事告訴されていない。今のところはまだ。シェパードの気が変わらないうちに、わたしは英国への帰還を望んでいる。

ヘイドリアン・モリアーティはユリの花束を送ってきた。それが葬儀にふさわしいという理由にちがいない。ろくでなしめ。

わたしの兄は痛ましげな顔つきでベッドの横にすわり、二度とわたしを放っておかないと誓った。ただし、警察にすべてを自供したので、刑務所に入っている期間は除く、と。尊厳とともに服役する、と兄は言った。

四年前であれば、マイロ・ホームズからこのような扱いを受けたら、わたしは腕の一本も切り落としてやっただろう。だが今は、兄をプラスティックの椅子にすわらせ、兄が眠りこむまでふたりで『アグリー・ハウス・レスキュー』を観るだけだ。朝になると兄は姿を消していた。助手によると、台湾に行ったらしい。兄が自分の不始末の責任を本当に取るかどうか、わたしは疑わしく思っている。

母が電話してきた。わたしの負傷に関してきわめて形式的に議論し、スイスに招いてくれた。母の言葉づかいから明確にわかったのは、そこは母の家であり、わたしのものではなく、もはやわたしが避難所として考えてはいけないということだ。

そもそも、わたしがそのように考えねばならないとしたら、の話だが。

以上ですべてだ。母はわたしに会いたいと思っておらず、父はけっして姿を見せず、看護師たちは相変わらずわたしを「ミス・ホームズ、ミス・ホームズ」と、まるでわたしがあの一家の一員であるように呼び、ワトスンと最後に会ってから何日もたつ。彼は去り、戻ってこなかった。

ところが、不意にあらわれた。

そのとき、レアンダーは自動販売機まで何かを買いに出ていた。看護師たちはちょうど勤務が交替になったところだった。わたしはリハビリテーション施設に転院するための手続き書類を作成していた。彼らはわたしを国外に出したくないが、レアンダーは母国に連れ帰ると主張している。それについて彼らも強くは言えない。わたしは英国人であり、差し迫った危険がないとわかったらこの国を出るつもりでいる。

病室の入口にワトスンの姿を見つけたとき、わたしはいぶかしんだ。危険について。彼とわたしが自分たちに必要なのは危険だと思った理由について。彼がそこにいるのに、わたしが今もそう感じている理由について。彼は革の上着と、異様に大きな腕時計と、モーガン＝ヴィルクからもらった靴を身につけている。彼はしばらく黙ったままだった。

わたしが間が抜けたように「ジェイミー」と言うと、彼はあたかも強制されたかのように暗い目をしながら、ゆっくりした足取りで近づいてきた。ためらうようにわたしの両肩に手を置いた。がっくりと膝をついた。顔をわたしの髪にうずめた。だが、それもほんの一瞬で、すぐに身を離して立ち上がった。

「これはぼくのせいだ。あのとき、ぼくが……きみはぼくを撃つべきだった」

「それがどれほどばかげているか、わかっているか？」

彼がじっと見つめてくる。

「きみはもうクスリをきっぱりやめてるんだよね」

「見かたによる」

わたしは彼の視線を受け止めた。

「本当にやめることなどできない。完全には。まあ、確かに現在の治療計画はベストではないが」

「現在の計画？」

「わたしが撃たれ、モルヒネを必要とする計画だ」

彼は思わず笑みをこぼした。

「あまりいいジョークじゃないよ」

「残念だな。ふだんのわたしはとてもおもしろい人間なのに」

われわれはいろいろな話をした。彼が大学への出願を終えたこと。停学処分についてはうやむやになり、晴れてシェリングフォード高校の寮のひとり部屋に戻ったこと。わたしの感触では、彼は復帰の日まで指折り数えていたと思う。

わたしがしばらくシェルビーの顔を見ていないことも話した。彼女はもはやアメリカに滞在しておらず、今はロンドンの母親のもとに戻っている。

ワトスンは母親とほとんど話をしていなかった。

「いつまた話せるようになるか、ぼくにはわからない」

「時間をかけるんだ」

かつてわたしが受けた助言を告げた。確かに役に立つ面があると思う。

実際、あれからまだ何日かしかたっていない。病院に特有な現象なのか、わたしは時間から引きはがされる感じがし始めている。それをワトスンに説明しているとき、ポテトチップスとチョコレートを両手に抱えた叔父がドアのところにあらわれた。叔父はわれわれふたりを目にすると、さっと姿を消した。

だが、ワトスンは目ざとく見つけたようだ。

「ぼくはもう行かないと。邪魔になってもいけないし」

「なぜずっと来なかったんだ？　きみはここにいて……行ってしまった」

わたしは人びとを読み取るのが得意で、ワトスンはときとしてページが開きっぱなしの本のようだ。だが、そのとき彼によぎった表情をどう説明すればよいのかわからなかった。用心深い何かと、打ちのめされたような何かがあった。のけ者にされた男の子のような何かが。

「ぼくたちはおたがいに相手のためになってない」

そう言って、わたしの手を取った。

「現にその証拠があるんだ、ホームズ。今のままじゃ、おたがいによくない」

「それが何か問題か？」

わたしが静かに聞き返すと、ワトスンはうなずいた。

「問題だよ。きみがこんなふうになって終わるようなときは、特にそうだ」

「わたしが？　きみの妹こそ危うく撃たれるところで……」

「きみの手でね。ぼくが言ってるのはそんなことじゃない。きみが銃で撃たれて薬物を大量に投与されるのが最悪でないとしたら、今回の何もかもがいったいどれほどめちゃくちゃになったか、きみはわかってるか？　ぼくたちは手のつけられない野火みたいなものさ。ふたりともひどい決断をした。おたがいに対してひどい決断を。ぼくたちは……ふたりでいたらよくないんだ。ぼくはもうきみにこんなことをし続けられない」

こんなこと。このことすべて。彼がそう言うのを聞くこと。

「わたしはロンドンに戻るつもりだ。明日にでも可能だろう」

わたしは告げた。そうするつもりはなかった。そうしたところで何も変わりはしないだろう。

彼がうなずく。すばやく一回。二回。三回。

「そうみたいだね……それじゃ、お別れだ」

記憶がよみがえる。彼の父親の家のカウチで、ワトスンは体調が回復しつつあり、わたしは彼のマフラーの端をもてあそんでいた。

――きみのいないロンドンはロンドンではない。

「向こうまで会いに来てくれ」

わたしは昔のジェイミーを頭に描きながら言った。

「会いに来てほしい。わたしはレアンダーと暮らしているはずだから」

「どうかな。きみは本当にそうしてほしい？」

「これはきみの罪滅ぼしなのか？　きみは罪滅ぼしをする必要などない」

彼がため息をついた。

「きみだってないよ」

わたしの腕につながれている装置が電子音を刻んでいる。ワトスンが長い点滴チューブを見やり、わたしの腕まで目でたどった。

「ぼくはきみに〝すまない〟と言ったっけ？」

「われわれには謝るための新たな言葉が必要だ」

なめらかに続かないやり取り。われわれはいつも、寒い中に放置されていた車のエンジンを暖めているかのようだ。

「ぼくもその言葉がほしいな」

彼はまだわたしの腕を見つめている。そこに新しい注射痕があるのだと思う。少なくとも血液検査のときのものが。

「〝謝るよ〟〝面目ない〟〝恥じ入ってる〟〝ぼくは罪の意識を感じてる〟……」

「よせ」

そう言ったのは、彼があまりに遠くにいるから。じきにもっと離れてしまうから。

「わたしのバッグを見てないか？　あった、椅子の上だ。中にきみに渡すフォルダーが入っている」

それはここ数年間に関する記述報告だ。眠れない夜に病室のベッドで書きつづった。不快で、ときに感傷的で、ワトスン的な比喩に満ちており、白状すると〝necessary（必要な）〟のスペルがわからなかった。一読したあと、彼のわたしに対する評価はかなり下がるだろう。それでも、夜にはページがわたしを見つめているのを感じ、書き記す作業がそれに肉体を与えるようだった。

彼はぱらぱらとページをめくり、それをすぐに理解した。やがて彼が言った。

「本当にいいの？」

「ああ。われわれの物語だからな」

「ううん」

彼はほほ笑みながら首を振った。

「これはぼくたちのじゃない。きみの物語だよ」

エピローグ

一月

差出人：C・ホームズ <chholmes@dmail.com>
宛先：ジェームズ・ワトスン・ジュニア <j.watson2@dmail.com>
件名：レアンダー

わたしがリハビリセンターを退所して一週間前にロンドンに戻ったことを、きみに知らせるべきだと思ったんだ。レアンダー叔父は現在、仕事を持たず、わたしの親業に専念している。その成果たるや多様かつすさまじいものだ。わたしのためにネズミやウサギの形のパンケーキを焼いていないときは、わたしを無理やりパブに連れ出し、罪のない人びとの会話を盗み聞きさせる。楽しみのためだ、と叔父は言う。わたしがいまだに三ヵ所にギプスを装着し、ほとんどゾウと同じくらい目立たないという事実を気にもかけない。レアンダーもその遠征のあいだポテトチップスを騒々しく食べて人目を引いては、わたしに笑いかける。

叔父に、新しい趣味を見つけるべきだと言ったところ、今朝、目を覚ましてみると、叔父が天井に貼りつけたワン・ダイレクションのハリー・スタイルズのポスターが目に飛びこんできた。ポスターの中で、ハリーはぴちぴちの革パンツとラメを身につけている。ものすごい量のラメだ。

彼は事件を大いに必要としている。もちろんレアンダーのほうだ。頼むから、きみがだれかを殺すか、近所の銀行を襲撃してくれ。頼む。このとおりだ。

差出人：C・ホームズ <chholmes@dmail.com>
宛先：ジェームズ・ワトスン・ジュニア <j.watson2@dmail.com>
件名：ひょっとして

わたしが殺人にまつわる冗談を言うのは悪趣味か?

差出人：C・ホームズ <chholmes@dmail.com>
宛先：ジェームズ・ワトスン・ジュニア <j.watson2@dmail.com>
件名：Re: ひょっとして

それが理由で、きみはまだ返信してくれないのだろう。気を悪くするのはきみらしくないが。
いや、むしろ、気を悪くする感覚を楽しみながら気を悪くするのがきみらしい。

差出人：C・ホームズ <chholmes@dmail.com>
宛先：ジェームズ・ワトスン・ジュニア <j.watson2@dmail.com>
件名：Re: re: ひょっとして

ワトスン。わたしは大西洋を隔てて推理することはできない。とにかく明晰な推理はむずかしい。
わたしに腹を立てているのなら、きみはそれを詳しく説明するべきだ。これがきみの必要とする〝距離〟なのか？　確かに三千キロあれば目的にかなうだろうな。

差出人：ジェームズ・ワトスン・ジュニア <j.watson2@dmail.com>
宛先：C・ホームズ <chholmes@dmail.com>
件名：Re: re: re: ひょっとして

C、

きみの四通のメールだけど、二十分のあいだに立て続けに送ってることをちゃんと自覚してる? ぼくは授業中だった。一部の生徒は、卒業を希望するならまだ授業を受けなくちゃいけないんだ。ふたつの壊れた家庭《ブロークンホームズ》のどっちにも帰りたくないしね。ちなみにこれをあえて冗談のネタにしたのは、(a)母がまだ口をきいてくれないし、(b)父さんとアビゲイルは今も喧嘩が絶えなくてあの家には十分間といられないからで、あんまりひどいから笑えると思うんだ。つまり、ぼくはどうしても大学に合格しないと。

学業に関して、きみのほうは何をしてる? 大学に進学するかどうか以上のことを考えてる? 今のところ、きみの受けた教育は、レアンダーに〈犬の前足〉亭や〈イーストサイダー〉亭や〈シャーロック・ホームズ〉亭(勘弁してくれ)といったパブに連れていかれてフライ料理を食べさせられることとだけ?

そういう状況なら、ぼくも行っていいかな?

今はランチの時間で寮の部屋に戻ってる。リーナがよろしくって。彼女は、きみとぼくが〝ふつうの人〟みたいに携帯でやり取りするべきだと言ってる。だれかがきみに絵文字を教えないといけないし、とにかく〝電子メール〟を送るのは〝おとな〟だけだって。ぼくは、電子メールがEメールと呼ばれることの妥当性についてだれかがきちんと議論してるのか疑問に思ってるんだけど、そのことをリーナに言ったら、彼女はぼくのことを頭でっかちと呼んでブラウニーをくすね、エリザベスが笑いすぎてむせ始め、それを見たトムが彼女がダイヤモンドで喉をつまらせたことを冗談にし、エリザベスがそれに本気で腹を立ててた。〝他人をむかつかせる人物〟部門で、きみの強力なライバルが出現したと思う。

変わり者のきみに会えなくて寂しいよ。レアンダーによろしく。

J　xx

二月

差出人：C・ホームズ <chholmes@dmail.com>
宛先：ジェームズ・ワトスン・ジュニア <j.watson2@dmail.com>
件　名：Re: re: re: re: re: re: re: re: re: re: re: re: re: re: re: re: re: re: re: re: re: re: re: re: re: re: re: re: re: re: re: re: re: ひょっとして

わたしが言っているのは、カフェテリアでひとりで飲食する行為は完全に許容できるということで、きみがそれを恐れる意味がわからない。食事のたびにだれか（たとえばエリザベスやその同類）といっしょである必要はない。いずれにしても食事はまちがいなく提供してもらえると保証する。

差出人：ジェームズ・ワトスン・ジュニア <j.watson2@dmail.com>
宛先：C・ホームズ <chholmes@dmail.com>
件名：あのさ

ぼくがまた彼女とつき合ってるかどうか、きみはただ質問すればいいんだ。（つき合ってない）（それに彼女と食べるときはほかのみんなもいっしょだよ。きみの言う〝同類〟はリーナ、トム、ランドール、エリザベス、エリザベスのボーイフレンドのキトリッジ）。

差出人：C・ホームズ <chholmes@dmail.com>
宛先：ジェームズ・ワトスン・ジュニア <j.watson2@dmail.com>
件名：Re: あのさ

食事のときにきみにつき合う仲間がいるというのはよいことだと思う。

図らずも、それはわたしがセラピストに話してきたことだ。彼女はわたしにとって十三人めのセラピストであり、そのことは恥ずべきであると同時に多少爽快感を覚える。彼女はわたしにも理解できる言語を話す初めてのセラピストでもあった（ただ、わたしがモリアーティやモリアーティがらみのことを話すと、決まって〝ゴッドファーザー〟という人物を引き合いに出す）。ともあれ、わたしは彼女を大いに気に入っており、それは驚くべきことだ。目下、われわれがよく論じ合っている話題は、わたしの食習慣、きみのこと、通院プログラム、レアンダーがわたしを診察させるために頻繁に連れてくるとてもハンサムなドクターについてだ。

叔父は相変わらず事件の依頼を断っているが、その理由は、わたしに〝適切な世話が必要〟だからだそうだ。彼は軽率にもわたしの〝教育〟に身を投じ、われわれは当初、大学院レベルの人文科学コースの履修課題に取り組んで、きわめておもしろい大量のノンフィクションや小説、詩、そしてもちろん今日的な文化批評などを読んでいたが、一週間ほど経過したとき、叔父はすべてを投げ出し、夜になるとテレビを観ることにわたしをつき合わせた。ろくでもないテレビだ。レアンダーに言わせると、わたしの父が〝無用に特殊化されたカリキュラム〟を偏重するあまり、わたしの〝社会教育や情操教育〟を完全になおざりにし、そのせいでわたしは〝ハイデッガーを楽しんで読むような自動人形〟になってしまったらしい。「冗談じゃないぞ、シャーロット、だれがそんなものを楽しむ？　カミュはどうだ？　きみはカミュを読んで笑えるか？」

それを矯正する唯一の方法が、どうやらカウチでタイ風ピーナッツチキン味のポテトチップスをかじりながら、昔の『ドクター・フー』を浴びるほど観ることらしい。

ハイデッガーには自分ひとりで取り組んでいる。

差出人：ジェームズ・ワトスン・ジュニア <j.watson2@dmail.com>
宛先：C・ホームズ <chholmes@dmail.com>
件名：Re: re: あのさ

C、
セラピストについてはすごいじゃないか、うまくいってるみたいで。ハイデッガーについてはそんなにすごくない。『ドクター・フー』については中ぐらいにすごいよ。

きみがドクターの話をするのには特別な理由があるのか？　ハンサムなドクターの件だけど？
J　xx
PS　きみが試すべきテレビ番組と映画の完全版リストを、頼むからぼくに作らせてくれない？
たぶんコッポラから始めるべきかも。たとえば『ゴッドファーザー』とか？

三月

差出人：C・ホームズ <chholmes@dmail.com>
宛先：ジェームズ・ワトスン・ジュニア <j.watson2@dmail.com>
件名：Re: re: re: re: re: 春休み

もしも本当に来てほしいのでなければ、どうしてきみをわれわれのアパートに滞在するよう誘うだろう？　レアンダーも同じ思いだ。彼はきみに、ナンプティ（スコットランド語で〝愚か者〟の意味。わたしは調べねばならなかった。電話の上におかしな広告を見つけたんだ）であるのをやめ、「今すぐここに来い」と言っている。きみの休暇が来週になるまで始まらないことは、彼も知っているのだが。

差出人：ジェームズ・ワトスン・ジュニア <j.watson2@dmail.com>
宛先：C・ホームズ <chholmes@dmail.com>
件名：Re: re: re: re: re: re: 春休み

ぼくはただ、だれかの領分を侵したくないだけだよ。ていうか、きみの領分を。正直、ただおたがいの立場がぼくにわからないだけなのかな？　まあ、ぼくたちがこんなふうにただ話をしてて、だれも死にそうじゃなくて、だれも行方不明じゃなくて、だれもぼくたちを積極的に殺そうとしない状況であることは、健全だと感じられるよ。言ってみれば、ぼくはただほんの少し息をこらしてる感じで、今はものごとがすごくうまく動いてて、すばらしい状態を維持するためにふたりで会うには、もっと時間を要するのかもしれない。きみが事態をよくないものにしてると言ってるんじゃないから。

だけど、きみに会いたい気持ちが強くて、息ができないと感じるときもある。

このことを、きみのセラピストならどう考えるかな？

J　xx

差出人：C・ホームズ <chholmes@dmail.com>
宛先：ジェームズ・ワトスン・ジュニア <j.watson2@dmail.com>
件名：Re: re: re: re: re: re: 春休み

コスタス先生は、その健全かつ新しい関係の中でわれわれは相互理解を深める時間を自分たちに許す必要がある、と考えている。そのあいだ、前回最適な結果をもたらさなかった〝究極の忠誠〟を相手にふたたび誓うことは避けねばならない、と。

結局のところ、これはわたしの決断だ、と彼女は言う。そして、きみの決断だ、と。

とはいえ、きみがすでに心を決めたことはわかっている。

わたしはすでに予備部屋に入れる新しい寝具類を注文し、買い物リストを作り始めている（ジャファケーキ、タンノックスーーティーケーキではなくバーーー、ピカデリーの途方もなく高価な店で売っているアイリッシュ・ブレックファスト・ブレンドの紅茶。それから、ウェイトローズ・スーパーの冷凍ナン。あとはミルクトレイ・チョコ。胸が悪くなるほど大量のミルクトレイ・チョコだ。一年半前にふたりで街をぶらついたときにきみが飲んだテスコ・スーパーのオレンジジュースも。ペットボトルのものでいいか？　マンゴーとニンジンとジンジャーが入っていて妙なにおいがするやつだ。きみへの嫌がらせのために四本買っておく）。

もちろん、わたしがきみのことを読みちがえていたら、そう言ってほしい。だが、きみはある決断をして、それを自分や他人に対して正当化しようとするとき、〝ただ〟という語を多用しすぎる傾向があるんだ。

差出人：ジェームズ・ワトスン・ジュニア <j.watson2@dmail.com>
宛先：C・ホームズ <chholmes@dmail.com>
件名：Re: re: re: re: re: re: re: 春休み

ミルクトレイでぼくを買収する気なのか？　だって、それは効果抜群だから。

うん、もちろん行きたい。きみがよければ。あと叔父さんとセラピストがいいと言うなら。そして、ぼくたちが存分にのんびりできるなら。

それに、きみはときとして……ただもう最高だよ。最高の腕だ。それをきみに知ってほしい。そんなきみに嫌がらせをされるようなことをぼくは何かしたかな。××

差出人：C・ホームズ <chholmes@dmail.com>
宛先：ジェームズ・ワトスン・ジュニア <j.watson2@dmail.com>
件名：Re: re: re: re: re: re: re: re: 春休み

ひどいことをしたさ、おそらく。

レアンダーとわたしはヒースロー空港の到着ロビーで待っている。叔父がもこもこペンで手作りしたボードをかかげているだろう。今のところ〝ワトスンここの参上〟と書く予定らしい。先に謝っておくが、かなり笑える。

四月

差出人：ジェームズ・ワトスン・ジュニア <j.watson2@dmail.com>
宛先：C・ホームズ <chholmes@dmail.com>
件名：ロンドン大学キングス・カレッジ!!

合格した‼　受かったよ‼　ほかを全部断って、睡眠を断ち、歯を食いしばって成績平均値を三・八五まで上げたかいがあったってもんだ。仮に大学が同情してぼくを入れてくれただけだとしても、あるいはぼくたちがいかに錯乱したかというデイリーメール紙の記事のおかげだとしても、まるっきり気にするもんか！　英国に戻ったら、真っ先にきみをディナーに連れていくよ！

差出人：ジェームズ・ワトスン・ジュニア <j.watson2@dmail.com>
宛先：C・ホームズ <chholmes@dmail.com>

件名：Re: ロンドン大学キングス・カレッジ!!

さっきのは、デートとかじゃないから！

差出人：ジェームズ・ワトスン・ジュニア <j.watson2@dmail.com>
宛先：C・ホームズ <chholmes@dmail.com>
件名：Re: re: ロンドン大学キングス・カレッジ!!

きみが望むなら話は別だけど。そうしたい？（おっと）。それに、これはぼくが大学に合格したことだけが理由じゃない。そういうつもりじゃ全然ないんだ。きみが望まなくてもいい！　ぼくとデートして、という意味だよ。最後にそれっぽいことを試したのはついこの前だし、春休みのときはちっともそんな雰囲気じゃなかったのはわかってる。でも、きみといっしょにロンドンをぶらぶらしたり、本屋に入ったり、アイスティーを飲んだりしたのが本当に楽しかった。
あれもデートって言えるのかな？
頼むから、このつらい気分から救い出してよ。
ぼくはもう一度きみといっしょにロンドンを探索したいだけなんだ。ぼくが存在さえ知らない

場所をきみは知ってる。ときどき、街がきみだけのために新しい区画を出現させてるような気がするよ。××××

差出人：ジェームズ・ワトスン・ジュニア <j.watson2@dmail.com>
宛先：C・ホームズ <chholmes@dmail.com>
件名：Re: re: re: ロンドン大学キングス・カレッジ!!

きみがネットに接続してるのはわかってる。ぼくが気まずいメールを四苦八苦して送ってもきみが放置するのは、それが笑えるから？　それとも、きみが恐れているから？

差出人：C・ホームズ <chholmes@dmail.com>
宛先：ジェームズ・ワトスン・ジュニア <j.watson2@dmail.com>
件名：Re: re: re: re: ロンドン大学キングス・カレッジ!!

うれしいからだ。そして、少し神経質になっているから。
おめでとう、ワトスン。きみがどれほど強く望んでいたか知っているし、わたしもとても喜んでいる。

電話してこないか？　わたしは起きている。文字を打ちながら起きているという意味で、もちろん夢遊病者ではない。だが、電話してくれ。きみがよければ。

五月

差出人：ジェームズ・ワトスン・ジュニア <j.watson2@dmail.com>
宛先：C・ホームズ <chholmes@dmail.com>
件名：Re: 大学

この地球上できみぐらいなもんだよ、高校の卒業証書を三分の一しか持ってなくて、しかも逮捕歴があるのに、オックスフォードが入学させたがって、しかも彼らのほうから来て夏期プログラムを受けさせる子なんて！

ぼくは嫉妬してる。本当言うと、してない。オックスフォードが、なんていうか、怖いから。嫉妬じゃなく——心から誇らしくて、うれしくて、きみがやりたいことに集中して取り組めるのはとてもすばらしいと思う。何かを爆発させることにね（あそこにはその学位がある?:）。

ぼくがシェリングフォードからそっちに戻るころ、きみはまだロンドンにいる？　ぼくは今、滞在場所を見つけようとしてるんだ。母との関係は少し改善したけれど、家に戻りたいかどうか自分でもまだわからない。

差出人：C・ホームズ <chholmes@dmail.com>
宛先：ジェームズ・ワトスン・ジュニア <j.watson2@dmail.com>
件名：Re: re: 大学

それを化学と呼ぶんだ、ワトスン。

実は、わたしは七つの夏期プログラムに登録している。大学側がわたしに求めたのは四つだけだと思うが、生化学と音楽理論と統計学と詩学の講座もあっておもしろそうだったから、今は彼らと日程を組んでいるところだ。毎週火曜にポーについて教わる個人指導教員と会うのが深夜に設定されるかもしれないし、されないかもしれない。

夏期プログラムには小説執筆のワークショップもあり、受講すれば大学の一学期分の単位がもらえる。開講はシェリングフォード高校の卒業式の二日後で、期間は六週間だ。奨学金も提供される。

差出人：ジェームズ・ワトスン・ジュニア <j.watson2@dmail.com>
宛先：C・ホームズ <chholmes@dmail.com>
件名：Re: re: re: 大学

1：毎週火曜の深夜にそのポーの個人指導教員と会う場所が地下霊廟だなんて言わないでくれよ。
2：それって、レアンダー・ホームズ・ラグビー奨学金？
3：待って……きみが詩学だって？
4：これって、きみの妙に堅苦しいやりかたで、いっしょに夏期プログラムを受けたいかどうかをぼくにきいてる？

差出人：C・ホームズ <chholmes@dmail.com>
宛先：ジェームズ・ワトスン・ジュニア <j.watson2@dmail.com>
件名：Re: re: re: re: 大学

1：ことによると。それがどうした？

2：ことによると。それがどうした？（冗談だ、ワトスン。むろん、その奨学金だ）
3：最近では詩をかなり書いている。できはひどい。自分がへたで、それでもなお楽しめるなど、初めての経験かもしれない。もちろん、きみの親友でいることは除く。
4：どうか来てくれ。きみに会いたい。もしもこれがきみの心に刺さったなら。あるいは、何をやろうか今も迷っているのなら。
5：きみと会いたくて、こう言いたいほどだ。きみがやりたくないことをなんでもやらせるぞという脅しを、どうかわたしに言わせないでくれ。

差出人：ジェームズ・ワトスン・ジュニア <j.watson2@dmail.com>
宛先：C・ホームズ <chholmes@dmail.com>
件名：あとどれぐらいで会える？

やめてくれ。きみはぼくのたったひとりの親友だし、これからもずっとそうだ。きみがぼくにまたライヘンバッハしないかぎりはね。その場合は話し合わなきゃ。
きみの叔父さんはぼくを学校に通わせるためにお金を出すことにいつか飽きるかもしれない。でも、ぼくは死ぬまで感謝を忘れない。彼には明日電話してお礼を言うよ。向こうはもう遅い時間だ。

さっき父さんに相談してみたら、意外にもぼくが行くことにすごく熱心だった（まあ、意外じゃないか）。だから、うん、参加するよ！　そこまで言うならしょうがない。正直、びっくりするような話だけど、オックスフォードで学んでみたいといつも思ってたし、小説家を目指してがんばるのなら大学の執筆ワークショップで力を試してみるのはいいことだと思う。リーナに話した？　今日、ランチのときに彼女もその話をしてた。トムが青くなって携帯電話で飛行機の便を調べてた。

ぼくも会いたいよ。息をするみたいにきみを恋しく感じてる。そのことはもう言ったっけ？　でも、また言う。ナンピザや甘い濃厚ミルクティーみたいにきみが恋しい。自分が持ってることにちっとも気づかなかったわが家みたいに。

差出人：C・ホームズ <chholmes@dmail.com>
宛先：ジェームズ・ワトスン・ジュニア <j.watson2@dmail.com>
件名：四週間と二日と三時間十七分四十二秒後だ

あと、頼むからライヘンバッハを動詞として使わないでくれ。×××

謝辞

あらゆるサポートを提供してくれたキャサリン・ティーガンと、キャサリン・ティーガン・ブックスのみなさんに心から感謝する。わたしにとってまさに夢の出版元だ。信じられないほど優秀な編集者アレックス・アーノルドには特に感謝したい。その思いやりと配慮は、あなたの知性と洞察力があればこそ。ロザンヌ・ロマネロ——あなたがジェイミーとシャーロットを強力に推してくれてうれしかった！——とサブリナ・アバル、およびエピック・リーズのみなさんにもありがとうを言いたい。あなたたちの力を得られて本当に運がよかった。

最高のエージェントにして大切な友人であるラナ・ポポヴィッチに果てしない謝意を。あなたなしでは何ひとつなし遂げられなかった。テッラ・シャルバーグ（とシャルバーグ＆サスマン・エージェンシーのみなさん）、サンディ・ホッジマン、ジェイソン・リッチマン、本シリーズで手腕を振るってくれて本当にありがとう。

わが心の家族、キット・ウィリアムスンとエミリー・テンプルに愛と感謝を。

エミリー・ヘンリー（批評してくれる仲間にして、共謀者にして、エンジェル・シスター）、愛してるわ。

ジェフ・ゼントナー（親愛なる友人にして、分別の砦にして、キャンドル店でいっしょにすごしたい唯一の相手）、岩のように頼りになってくれてありがとう。エヴリン・スカイ、チャーカー・リーヴィハウス、マッケンジー・リー（比類なき友人たちにして、女性冒険家たち）、たったひとりの力で書かれる本もあるけれど、わたしの作品はあなたたちの作ったコミュニティにしっかり根を下ろしているように感じる。

読者のみなさんひとりひとりにも感謝を捧げたい。みなさんからのお便りがどれほど励みになることか！　中でも、アシュリー、ケイティ、アンソニー、アビー、エリーン、キャスリーン、クリステン、サラ、メリッサ、スーザン、シリーズ開始当初から応援してくれてありがとう。

訳者あとがき

〝わたし〟はシャーロット・ホームズ。

名探偵シャーロック・ホームズの末裔にして、膨大な知識および卓越した観察眼と推理力を持つ十七歳の女子高校生。

〝ぼく〟はジェイミー・ワトスン。

だれもが知る〝実録〟小説『シャーロック・ホームズ』シリーズを執筆したジョン・H・ワトスン博士の子孫にして、シャーロットのよき相棒。

ヨーロッパを揺るがす絵画贋作事件を解決に導き、黒幕である宿敵モリアーティ一族の陰謀をくじいたシャーロットとジェイミーだったが、英国サセックス州のホームズ屋敷でオーガスト・モリアーティがマイロの誤射によって死亡。現場に取り残されたシャーロットとジェイミーは、駆けつけた警察によって離ればなれにされてしまう。

それから一年。シャーロットと音信不通のままシェリングフォード高校の最終学年を迎えたジェイミーは、メールアドレスの乗っ取りやパソコンの破壊など不可解な嫌がらせに見舞われ、ついには学内で大金を盗んだ容疑までかけられることに。果たして、これはモリアーティ一族の新たな攻撃なのか。

一方、シャーロットは単身ニューヨークに潜伏し、身分を偽って捜査をしていた。モリアーティ家の最後の大物、ルシアンと対決するために……。

本書は『女子高生探偵シャーロット・ホームズ』シリーズ第三作にして、三部作の最終巻です。今回は、ジェイミーが一人称で語る従来の基本スタイルではなく、章ごとにジェイミーとシャーロットが交互に語り手を務めます。遠く離れた場所にいるふたりの活動がまるで映画のカットバックのように描かれ、多視点ならではの奥行きとスリルとテンポが小説にもたらされました。

前作まではシャーロットとジェイミーがつねに行動をともにし、その微妙な距離感が切なさとともに迫ってきましたが、本作ではずっとふたりが離れているので、おなじみの会話の応酬がなかなか聞けません。その代わり、ミステリーとしての完成度が今までにないほど高く、かなり意表を突くツイスト（ひねり）が複数待っています。著者のブリタニー・カヴァッラーロはもともと詩人で、『シャーロット・ホームズの冒険』で小説家デビューを飾った人ですが、この三作目でミステリー作家として大きな躍進を遂げたのではないでしょうか。章の最後の一行でクリフハンガーを設定する手並みもみごとなもの。脱稿までにはだいぶ苦労したようで、「推敲作業は中に手榴弾の入った巨大毛糸玉をチェーンソーひとつでほぐしていくようだった」と語っています。訳者としては、本作はシリーズの最高傑作だと思います。三部作の完結編は、まさに集大成にふさわしい傑作と呼べるでしょう。

……と、本来ならここで、シャーロットとジェイミーにもう会えなくなる寂しさをつづるべきですが、なんと二〇一九年春、まさかのシリーズ番外編『A Question of Holmes』が刊行されました。カヴァッラーロ自身も三部作でふたりと離れるのはつらかったのでしょう。突然の四冊目には、ファンたちもネット上でうれしい驚きを表明しています。

高校を卒業し、いよいよ大学へ進むことになるシャーロットとジェイミー。入学前にオックスフォードのサマースクールに参加したふたりを待っていたのは、大学の劇団員の不可解な連続事故。本書『最後の挨拶』で関係性にまた新たな変化が生じたふたりが、おとなに近づくにつれてどんなコンビになっていくのか、とても楽しみです。

二〇一九年十一月

入間　眞

女子高生探偵
シャーロット・ホームズ 最後の挨拶　下
The Case for Jamie

２０２０年９月３日　初版第一刷発行

著……………………………… ブリタニー・カヴァッラーロ
訳………………………………………………………入間 眞
カバーイラスト………………………………… 鳴見なる
ブックデザイン…………………………柴田昌房（30A）

発行人…………………………………………… 後藤明信
発行所……………………………………… 株式会社竹書房
〒102-0072　東京都千代田区飯田橋２－７－３
電話　03-3264-1576（代表）
03-3234-6208（編集）
http://www.takeshobo.co.jp
印刷・製本…………………………… 中央精版印刷株式会社

ISBN978-4-8019-2391-1　C0197
Printed in JAPAN